GW01255494

Atlantis III Het Genootschap

Fantasie, Volume 1.3

Digim@ri

Published by Digimari, 2024.

Digim@ri

2

Inhoud

Atlantis III: Het Genootschap 5.000 v.Chr.

Verborgen onder de eindeloze golven van de oceaan ligt Atlantis, een stad van geheimen, magie en oude krachten. Terwijl de mensen aan de oppervlakte het mysterie van deze verloren beschaving proberen te ontrafelen, staan de Wachters van Atlantis – een volk van zeemeerminnen en -mannen – voor een keuze die hun wereld voor altijd zal veranderen.

Wanneer Het Genootschap, een machtige organisatie, de verborgen geheimen van Atlantis wil bemachtigen, dreigt een conflict dat niet alleen het lot van Atlantis, maar ook dat van de mensheid in gevaar brengt. De jonge Wachter Kira, de wijze Orion, en de mystieke Seraphina moeten hun eigen paden vinden in deze strijd tussen macht en verantwoordelijkheid. Terwijl de oude krachten van Atlantis ontwaken, staat Arion voor een cruciale transformatie – een evolutie die de toekomst van zijn volk kan waarborgen of teniet kan doen.

In *Het Genootschap* worstelen de Wachters met morele dilemma's en levens veranderende offers. Zal de balans tussen land en zee bewaard blijven, of zal de wereld ten prooi vallen aan hen die de geheimen van Atlantis in hun macht willen krijgen?

Duik in een verhaal vol mysterie, spanning en eeuwenoude strijd, waar de toekomst van de mensheid aan een zijden draad hangt.

Atlantis III; Het Genootschap (5.000 v.Chr.)

De oceaan leek oneindig. Een uitgestrekte wereld van blauw en zwart die zijn geheimen diep verborgen hield. De golven hadden de tijd zelf overstegen, duizenden jaren geschiedenis lagen begraven in de diepte. Alleen een selecte groep wist van het bestaan van de verborgen stad, het oude Atlantis, dat in de duisternis van de zee zijn laatste adem uitblies. De stad was nu niet meer dan een schim van haar voormalige glorie, haar pilaren bedekt met koraal en haar tempels gevuld met het geheim van een verdwenen beschaving.

De wereld boven de zee was in beroering. Mensen, onwetend van het bestaan van Atlantis, hadden zich gevestigd, zich vermenigvuldigd en oorlog gevoerd zonder te beseffen wat zich onder de golven afspeelde. Het was in deze rusteloze tijd dat de geheimen van Atlantis, eeuwenlang veilig gehouden door de Wachters en de zeewezens die ermee verbonden waren, opnieuw werden bedreigd.

Het Genootschap was een schaduw die zich uitstrekte over het wateroppervlak. In het geheim was deze machtige organisatie bezig met een plan om het onbekende te doorgronden. Om de krachten van Atlantis te benutten en voor hun eigen doeleinden te gebruiken. Ze wilden meer dan technologische vooruitgang. Ze zochten naar de antwoorden die diepere vragen stelden: wat is macht en wie heeft het recht om die te bezitten?

Terwijl de golven kabbelden, voelde Kira, een jonge nakomeling van Lyra, het gewicht van deze dreiging. Ze stond op een klif aan de kust, haar ogen gericht op de verre horizon. De wind speelde met haar lange, donkere haren, terwijl ze haar gedachten liet afdwalen naar de diepten van de oceaan. Naar Atlantis, waar haar bestemming zich bevond. De verhalen van haar voorouders klonken nog steeds in haar hoofd. Ze hadden gestreden, gevochten om de geheimen van Atlantis te beschermen. En nu stond zij op het punt diezelfde verantwoordelijkheid te dragen. Het was een verantwoordelijkheid die als een zware last op haar schouders rustte.

Kira had de visioenen al dagen. Ze droomde van een stad die in duisternis werd gehuld. Van het water dat vol woede tegen de muren van Atlantis beukte. Ze zag de gezichten van vreemden. Mensen die niet uit de oceaan kwamen, maar uit de wereld daarboven. Hun blikken waren hongerig. Hun handen reikend naar de verborgen krachten van Atlantis. Kira wist dat het geen gewone dromen waren. Het waren waarschuwingen. Haar band met Atlantis was sterk, dieper dan ze ooit had kunnen vermoeden. Haar voorouder, Lyra, had deze krachten ook gevoeld. Het was een familielijn van Wachters, een lijn die nu bij haar eindigde. Ze was de laatste van haar soort.

De lucht was zwaar, vol met de belofte van naderend onweer. Kira draaide zich om, haar gedachten gericht op de oceaan achter haar. Daar beneden, ver onder de golven, lag de sleutel tot het lot van de wereld. Maar ze wist ook dat de strijd om Atlantis niet langer een kwestie was van brute kracht of militaire macht. Het was een strijd van ideeën, van ethiek, van het begrijpen van de verantwoordelijkheid die gepaard ging met kennis en macht.

Niet ver van haar, diep in de oceaan, voelde Orion dezelfde dreiging naderen. Hij stond op de rand van de grote tempel in Atlantis. Zijn ogen gericht op de inscripties die de muren sierden. Elke gravure was een herinnering aan wat Atlantis ooit was geweest. Een grootse beschaving, gebouwd op wijsheid en kracht. Maar die tijden waren voorbij. Nu was het zijn taak, als leider van de Wachters, om te zorgen dat de geheimen van de stad nooit in verkeerde handen vielen.

Orion was oud, zijn lichaam was moe van de jaren, maar zijn geest was nog scherp. Hij had zijn hele leven gewijd aan het beschermen van Atlantis. Maar hij voelde dat zijn tijd ten einde liep. De nieuwe generatie moest klaarstaan om de fakkel over te nemen, maar waren ze klaar? Was Kira klaar? Orion had haar getraind, had haar alles geleerd wat hij wist. Maar hij twijfelde. De strijd die hen te wachten stond, was geen gewone oorlog. Dit was een strijd om de ziel van Atlantis.

Zijn blik gleed naar de horizon, waar de wateren boven de stad kalm leken. Maar hij wist beter. Het Genootschap was op zoek naar Atlantis, dat wist hij zeker. Hij had hun sporen gevolgd, hun geheime bijeenkomsten gehoord. Hij wist dat ze niet alleen de technologie van de stad zochten. Ze zochten iets diepers, iets dat hen in staat zou stellen de wereld te veranderen.

Maar Atlantis was niet zomaar een stad. Het was een symbool van balans, van macht die gecontroleerd moest worden. Alleen de Wachters begrepen dat. Als Het Genootschap die macht in handen kreeg, zou de wereld nooit meer hetzelfde zijn.

In de diepte van de zee, waar het licht van de zon nauwelijks doordrong, zwom Seraphina, de leider van de zeemerminnen en -mannen, langs de ruïnes van een oude tempel. Haar lichaam bewoog soepel door het water. Haar schubben glinsterden in het zwakke licht dat door het zeeoppervlak brak. Ze voelde de energie van de oceaan om haar heen. Een energie die door haar aderen stroomde en haar verbond met de kracht van Atlantis.

Seraphina had altijd geweten dat de evolutie van haar soort onvermijdelijk was. De zeemerminnen en -mannen waren ooit menselijk geweest. Maar nu waren ze iets anders, iets groters. Hun band met de oceaan was sterker geworden. Hun krachten waren gegroeid. Ze konden voelen wat anderen niet konden en ze wisten dat de toekomst van hun soort afhing van hun keuzes. Maar wat betekende dat? Moesten ze de geheimen van Atlantis bewaren, zoals de Wachters dat altijd hadden gedaan? Of was het tijd om die geheimen te delen met de wereld, om de evolutie voort te zetten? Seraphina stopte bij een oud beeld dat half bedolven lag onder koraal en zeewier. De ogen van het beeld leken haar aan te staren, als een stille herinnering aan wat eens was geweest. Ze voelde de vragen in haar opborrelen. De wereld boven de zee had geen idee van hun bestaan, maar Het Genootschap was gevaarlijk dichtbij. En als zij eenmaal wisten van Atlantis, zou er geen weg meer terug zijn. Seraphina wist dat ze een keuze moest maken. Moest ze samenwerken met de Wachters om de geheimen te bewaren. Of moest ze de krachten van Atlantis vrijgeven, in de hoop dat de wereld er klaar voor was?

Terwijl Seraphina zich voorbereidde op wat zou komen, bewoog Kaelen zich in de schaduw van zijn eigen plannen. Kaelen was de leider van Het Genootschap, een organisatie die zich in het geheim had gevormd met één doel: de geheimen van Atlantis ontrafelen en gebruiken om de wereld te veranderen. Kaelen geloofde dat hij de sleutel had gevonden. Dat hij de juiste persoon was om deze kennis te gebruiken. De mensheid naar een hoger niveau te tillen. Voor hem was dit geen kwestie van hebzucht. Dit was een kwestie van recht. De wereld had te lang in duisternis geleefd, te lang zonder de kennis die Atlantis in zich droeg.

Kaelen was charismatisch, meedogenloos en vastberaden. Hij had zijn volgelingen met gemak voor zich gewonnen. Zijn visie op de toekomst was duidelijk en overtuigend. Maar achter zijn zelfverzekerde façade schuilde een man die diep vanbinnen twijfelde. Wist hij echt wat hij deed? Was hij in staat om de krachten van Atlantis te beheersen? Kaelen duwde die twijfels weg. Dit was zijn lot. Hij had deze organisatie opgebouwd. Hij had de juiste mensen gevonden. Nu stond hij op het punt om geschiedenis te schrijven.

Atlantis zou niet langer een mythe zijn. Het zou zijn nalatenschap worden.

Maar de oceaan, met al haar geheimen en mysteries, had andere plannen. Terwijl de strijd tussen de Wachters, de zeemeerminnen en Het Genootschap zich begon te ontvouwen, voelde Arion, een jonge zeemeerman, hoe zijn lichaam zich verder ontwikkelde. Zijn evolutie was bijna voltooid. Hij wist dat zijn rol belangrijker was dan hij ooit had gedacht. Arion had altijd gevoeld dat hij anders was dan de anderen, dat zijn krachten verder reikten dan die van zijn soortgenoten.

Nu, met de dreiging van Het Genootschap boven hun hoofden, voelde hij dat zijn tijd was gekomen. Hij moest zijn krachten gebruiken om de stad te beschermen. Maar hij wist ook dat de keuzes die hij maakte de toekomst van zijn soort zouden bepalen. Moest hij vechten om de geheimen van Atlantis te bewaren. Of was het tijd om de evolutie naar een hoger niveau te tillen?

Het water om hem heen voelde anders aan, zwaarder, alsof de zee zelf de spanning voelde die in de lucht hing. Arion voelde de verantwoordelijkheid op zijn schouders drukken. Hij was jong, maar zijn krachten groeiden met de dag. De evolutie die in hem plaatsvond, zou hem sterker maken dan wie dan ook. Maar zou hij sterk genoeg zijn om de dreiging van Het Genootschap het hoofd te bieden?

De strijd om Atlantis was begonnen, maar de uitkomst was nog onzeker. Terwijl de Wachters, de zeemeerminnen en Het Genootschap hun voorbereidingen troffen, begon de oceaan te beven. De geheimen van Atlantis zouden binnenkort onthuld worden. De wereld zou nooit meer hetzelfde zijn.

Hoofdstuk 1: De dreiging

De oceaan was onheilspellend stil, alsof de wateren zelf hun adem inhielden. Geen enkele stroming doorbrak de stilte. Geen enkele school vissen verstoorde de rust. De zeebodem, waar ooit de straten van het glorieuze Atlantis hadden gepulst van leven, lag nu in schaduw gehuld. Koraal en zeegras hadden zich meester gemaakt van de oude bouwwerken. De ruïnes die als geraamten uit het zand opstaken, vertelden een verhaal dat duizenden jaren oud was. Een verhaal van macht, ondergang en geheimen die nooit het daglicht mochten zien.

Kira zwom langzaam door de stille wateren, haar ogen strak gericht op de contouren van de vergane stad. De lichtinval van de oppervlakte reikte niet tot hier, maar een mystiek blauw licht gleed zachtjes over de ruïnes. Ze voelde het in haar huid, een lichte vibratie, een waarschuwing die ze niet kon negeren. De stad ademde, maar het was een zware, waakzame ademhaling.

Terwijl ze dichter bij een ingestorte tempel kwam, voelde ze een koude rilling door haar lichaam gaan. Iets was anders. Er was een spanning in het water die niet afkomstig was van Atlantis zelf. Dit was iets nieuws, iets vreemds. Het voelde of de oceaan zich tegen hen keerde. Een waarschuwing die niet door Atlantis werd uitgezonden, maar door een kracht die zich aan de randen van hun wereld ophield. Kira kneep haar ogen samen en voelde de grip van haar handen om de oude, verweerde zuil die voor haar uit de zandgrond stak.

Ze was niet alleen. De Wachters hadden het al een tijdlang gevoeld, maar de dreiging was vaag, niet meer dan een voorgevoel. Tot nu.

"Ze zijn hier," fluisterde ze tegen zichzelf, haar stem werd meegevoerd door de zachte stromingen. Ze wist dat ze snel naar Orion moest gaan. De oude Wachter, die haar had getraind, had haar al gewaarschuwd voor dit moment. En nu stond het op het punt werkelijkheid te worden.

Met een snelle beweging van haar armen en benen liet ze de ruïnes achter zich en schoot door het water. Haar hart bonsde in haar borst terwijl ze zich voorbereidde op wat zou komen. Atlantis was altijd een stad geweest die haar geheimen had weten te beschermen. Maar het zou niet langer stil kunnen blijven. De wereld boven het water was te dichtbij gekomen.

Ver boven de oceaan, aan de grenzen van het land waar zand de zee kuste, stond Kaelen aan de rand van een klif. De lucht was zwaar, de horizon dof, alsof een storm op het punt stond te ontketenen. Maar Kaelen voelde zich onaangedaan. Zijn ogen waren gericht op de golven die ver beneden hem tegen de rotsen beukten. Hij wist dat de sleutel tot zijn macht daar in de diepte lag, verborgen voor hen die te blind waren om het te zien.

Achter hem stonden de leden van zijn genootschap in stilte, hun blikken vol verwachting. Ze hadden jaren gewerkt aan dit moment. Hun kennis vergroot en hun macht uitgebreid. En nu, eindelijk, waren ze klaar om de macht van Atlantis te ontketenen. Kaelen liet zijn vingers over een oude stenen tablet glijden die hij had meegenomen uit een van de vele opgravingen. De symbolen erop waren vaag, versleten door de tijd. Maar hij kende ze uit zijn hoofd. Het waren dezelfde inscripties die Atlantis hadden beschermd. Hij zou ze gebruiken om door de barrières van de stad te breken.

Kaelen glimlachte zwak. "Het begint," zei hij zacht, bijna tegen zichzelf. "Atlantis zal van ons zijn."

"Meester," sprak een van zijn volgelingen, zijn stem laag en respectvol. "We hebben alle voorbereidingen getroffen. We wachten op uw signaal."

Kaelen draaide zich langzaam om naar zijn volgelingen. Een troep van mannen en vrouwen, getraind, intelligent, maar ook vastberaden om de geheimen van Atlantis te ontrafelen. Hij zag de glinstering van ambitie in hun ogen. Het waren geen gewone volgelingen. Ze waren net zo hongerig als hij. Net zo vastbesloten om de waarheid in handen te krijgen. En dat was waarom hij hen vertrouwde.

"Het is tijd," zei Kaelen, zijn stem kalm maar vol autoriteit. "We zullen de diepte in gaan. En dit keer zullen we de stad vinden. Dit keer zullen de geheimen van Atlantis aan ons toebehoren."

De groep kwam in beweging, de leden bewogen snel en efficiënt. Ze waren geen soldaten in de traditionele zin, maar hun training had hen voorbereid op wat komen ging. Kaelen had hen geleerd dat de macht van Atlantis niet alleen fysiek was, maar ook filosofisch. Het was de kennis, de ethiek, die hen zou veranderen. En met die kennis zouden ze de wereld kunnen herscheppen.

In de diepte van de zee voelde Orion de energie door de muren van de tempel stromen. De oude inscripties, die jarenlang in stilte hadden gerust, begonnen te trillen onder de kracht van een naderende bedreiging. Hij stond voor een kolossale zuil, zijn handen rustten op de ruwe stenen, terwijl hij zijn ogen sloot en zich concentreerde. Zijn ademhaling was rustig, gecontroleerd, maar zijn geest was op scherp gesteld.

Ze waren dichtbij. Het Genootschap had de grenzen van Atlantis bereikt.

Orion opende zijn ogen en keek omhoog. Naar het water dat in donkere tinten boven hem hing. Hij kon ze niet zien, maar hij wist dat ze daar waren. Aan de rand van zijn wereld, wachtend op hun moment. Hij wist dat dit zou komen. De mensheid had altijd verlangd naar de macht die verborgen lag in de diepten. Ze zouden nooit rusten totdat ze alles hadden ontrafeld. Maar de geheimen van Atlantis waren niet zomaar geheimen. Ze droegen een verantwoordelijkheid met zich mee, een verantwoordelijkheid die de mensheid niet begreep.

"Ze komen," mompelde hij, terwijl hij zich van de zuil wegdraaide en zich een weg baande door de tempel. Zijn voetstappen op de vloer klonken hol en echoënd door de lege ruimte. De Wachters hadden dit altijd geweten. En nu moesten ze handelen. Op datzelfde moment kwam Kira de tempel binnen, haar ogen gevuld met vastberadenheid. Ze zocht naar Orion, voelde zijn aanwezigheid, zoals ze dat altijd deed. Maar deze keer was het anders. De lucht leek dikker, de energie in de tempel was veranderd. Dit was geen gewone dag.

"Orion!" riep ze, haar stem trilde, terwijl ze hem vond in de schaduw van een pilaar. "Het is begonnen. Ze zijn dichtbij. Ik kan het voelen."

Orion draaide zich langzaam om en knikte. "Ik weet het, Kira. De tijd van stilte is voorbij. Atlantis is in gevaar."

Kira kwam naast hem staan, haar ogen vlamden van vastberadenheid. Maar er was ook angst in haar blik. "Wat moeten we doen? Ze zijn met velen. Hun kennis over Atlantis is sterker dan we hadden gedacht."

Orion keek haar doordringend aan, zijn gezicht was kalm maar ernstig. "We zullen Atlantis beschermen zoals we dat altijd hebben gedaan. Maar deze keer is het anders. Ze zoeken niet alleen macht. Ze zoeken naar de waarheid achter die macht. En dat maakt hen gevaarlijker dan wie dan ook."

Kira knikte langzaam, terwijl de woorden van Orion door haar hoofd maalden. Ze voelde de verantwoordelijkheid die op haar rustte, de last van haar voorouders. De plicht om de geheimen van Atlantis te beschermen. Maar ze wist ook dat Het Genootschap anders was. Ze wisten meer dan ze zouden moeten. En hun doelen waren veel groter dan alleen technologische vooruitgang. Dit was een strijd van ideeën, van filosofieën. Die strijd zou zwaarder zijn dan welke fysieke strijd dan ook.

"Ben jij klaar, Kira?" vroeg Orion zachtjes, zijn stem was geruststellend, maar er lag een diepe ernst in zijn woorden.

Ze slikte en keek hem aan. "Ik ben klaar. Maar zijn wij klaar om de strijd op ons te nemen? Dit voelt anders... ze zijn anders."

Orion legde een hand op haar schouder, zijn greep was stevig en vaderlijk. "We zullen nooit helemaal klaar zijn, maar dat betekent niet dat we niet moeten vechten. De geheimen van Atlantis liggen in onze handen. En wij zullen ze beschermen. Met alles wat we hebben."

Kira knikte, haar ogen gevuld met een mengeling van angst en vastberadenheid. De strijd om Atlantis was begonnen. En ze wist dat deze strijd niet alleen gevoerd zou worden met wapens en krachten, maar met ideeën, met de vraag wie het recht had om macht te bezitten.

Het Genootschap was dichtbij. Te dichtbij.

1.1: Kira's Visioen

De duisternis omhulde Kira zoals het water dat altijd had gedaan, zacht en rustgevend, maar met een onderliggende spanning die haar ademhaling versnelde. Ze zweefde in het niets, haar lichaam leek gewichtloos. Maar er was geen vrede in de leegte die haar omringde. Het voelde benauwend, beklemmend. Kira wilde zich bewegen, wilde losbreken uit de greep van de onzichtbare kracht die haar vasthield, maar er was geen ontsnappen mogelijk. Haar lichaam gehoorzaamde niet.

Plotseling was er een schok, een golf van energie die haar omver wierp. Het niets dat haar had omgeven, werd opengereten door een fel licht dat haar verblindde. De wereld veranderde. Voor haar ogen openden zich de straten van Atlantis. Niet zoals ze het kende uit de ruïnes waar ze doorheen had gezwommen, maar levend, bruisend van het leven. De tempels stonden hoog en statig, hun gouden muren glinsterden in de zon. Mensen, Atlantianen, liepen rustig door de straten, hun stemmen vermengd met het zachte geluid van water dat langs de kanalen kabbelde. De stad ademde.

Kira's hart begon sneller te kloppen. Dit was Atlantis zoals het ooit was geweest. Voordat het in de diepte was verzonken. Voordat de tijd de glans van zijn muren had opgeslokt. Ze wilde zich onderdompelen in deze wereld, haar vingers over de zuilen laten glijden, de lucht in haar longen voelen zoals zij dat ooit hadden gedaan. Maar er was geen tijd om te blijven staan.

Er kwam een geluid. Het begon als een lichte vibratie, maar het werd snel sterker. De aarde onder haar voeten trilde. De stenen van de straten kraakten en begonnen te barsten. Kira wilde roepen, de mensen waarschuwen, maar haar stem kwam niet. De Atlantianen gingen onverstoorbaar door, alsof ze niets merkten van de dreiging die zich onder hun voeten verzamelde.

De muren van de tempels begonnen te scheuren, dikke barsten die zich als klauwen over het steen uitspreidden. Stof en gruis vielen. De lucht begon zwaar te worden, vol met de geur van verbrijzelde steen en iets anders. Iets dat bitter en metaalachtig in de lucht hing. De grond onder haar voeten zakte weg. De eens zo trotse stad begon in stukken uiteen te vallen. De gebouwen stortten ineen als kaartenhuizen. De golven beukten tegen de muren van de stad, woest en oncontroleerbaar, alsof de oceaan wraak kwam nemen op wat ooit van haar was afgenomen.

"Kijk!" wilde Kira schreeuwen, maar haar stem leek opgeslokt door de chaos om haar heen. Ze kon alleen maar toekijken hoe Atlantis zichzelf vernietigde. Er was een kracht die ze niet kon zien, maar ze kon het voelen, een onzichtbare hand die alles verwoestte. Ze wilde haar ogen sluiten, zichzelf beschermen tegen het instortende puin. Maar haar blik bleef vastgeklonken aan de scène voor haar. Het voelde alsof een deel van haar in deze stad hoorde, alsof haar bloed en dat van Atlantis dezelfde oorsprong deelden.

En toen zag ze het. Een silhouet in de verte, gehuld in schaduwen, groter dan de gebouwen die nu één voor één neerstortten. Een donkere gestalte die leek op te doemen uit de diepten van de aarde. De lucht werd zwart, de oceaan bewoog woest, de grond scheurde verder open. Het silhouet bewoog niet, maar straalde een immense kracht uit. Er was iets mis, iets dat haar ruggengraat deed verstijven van angst. Ze wilde wegrennen, vluchten voor het onheil dat zich voor haar ogen voltrok, maar haar voeten leken aan de grond vastgeklonken.

Kira hoorde een geluid, laag en grommend, alsof de aarde zelf aan het spreken was. Het silhouet leek dichterbij te komen, al veranderde het niet van plaats. Ze voelde haar hart in haar keel kloppen, haar adem stokte. Het voelde niet goed, niets aan dit alles klopte. Dit was niet zomaar een droom. Het voelde te werkelijk, te dichtbij.

Atlantis verdween onder haar voeten. De wereld viel uiteen in een allesomvattende duisternis. Kira viel mee, haar lichaam sloeg om, draaide en tuimelde door het niets, tot ze in een flits wakker schoot.

Ze lag in haar hut. Haar lichaam kletsnat van het zweet. Haar ademhaling schokkend en snel. De dekens waren van haar afgeschoven en de nachtelijke bries die door de opening van de tent naar binnen gleed, voelde ijzig koud op haar huid. Ze probeerde haar hartslag te kalmeren, maar het beeld van de vernietiging van Atlantis zat nog diep in haar gedachten verankerd. Ze knipperde met haar ogen en probeerde haar focus terug te vinden in de wereld om haar heen. Maar het lukte nauwelijks. De geur van verbrand steen en het geluid van instortende gebouwen waren nog vers in haar herinnering, alsof ze er echt geweest was.

Kira bleef even liggen, haar blik op het rieten dak boven haar gericht, terwijl ze haar ademhaling tot rust probeerde te brengen. Maar de spanning in haar borst nam niet af. Er was iets gebeurd, iets dat ze niet kon negeren. Dit was niet zomaar een nachtmerrie. Het voelde alsof Atlantis zelf naar haar had geroepen. Ze voelde het, diep vanbinnen, zoals een echo die door haar lichaam weerkaatste.

Haar handen grepen naar haar hals, waar een klein amulet rustte dat ze altijd droeg. Het was een familie-erfstuk, een teken van haar band met haar voorouders, met Lyra, die de geheimen van Atlantis had ontdekt. Haar vingers streelden het koude metaal, dat altijd een geruststellende aanwezigheid was geweest. Maar deze keer voelde het anders aan, alsof de amulet zelf haar probeerde te waarschuwen. "Wat betekent dit?" fluisterde ze, terwijl haar ogen zich opnieuw sloten. Maar dit keer probeerde ze zichzelf tot kalmte te dwingen. De droom was zo levendig geweest, zo echt, maar de boodschap was onduidelijk. Toch wist ze, ergens diep vanbinnen, dat deze droom geen toeval was. Dit was een waarschuwing, een visioen van wat zou kunnen gebeuren. Een dreiging die op de loer lag, klaar om Atlantis opnieuw ten val te brengen.

Ze moest het aan Orion vertellen.

Kira stond op uit haar bed, haar spieren protesteerden bij elke beweging. Ze had echt gevochten om zichzelf te redden uit de ondergang van de stad. De lucht in haar hut was zwaar en benauwd. Doordrenkt met de geur van zeezout en het rookachtige aroma van de olielampen die zachtjes brandden. De nacht buiten was stil. Alleen het zachte ruisen van de zee vulde de ruimte. Maar die rust voelde misleidend. Er lag iets onder het oppervlak te wachten, iets onzichtbaars en krachtigs dat elke seconde kon toeslaan.

Ze trok haar mantel om zich heen en stapte naar buiten, het strand op. Haar voeten raakten de koude, vochtige grond, het zand kleefde aan haar huid. In de verte lag de oceaan, stil en donker. Zijn geheimen diep in de schaduwen verborgen. Kira wist dat er meer aan de hand was dan ze kon zien. Dat haar visioen niet zomaar een fragment van haar verbeelding was. Het was een voorbode, een waarschuwing dat Atlantis opnieuw in gevaar was.

De lucht was helder, bezaaid met sterren, maar de kou leek dwars door haar mantel te snijden. Terwijl ze naar de horizon keek, kon ze niet anders dan denken aan de gezichten van de mensen in haar droom. De Atlantianen die nietsvermoedend hun stad zagen instorten. Haar voorouders hadden dezelfde gezichten gehad, dezelfde ogen die door de tijd naar haar terugkeken, alsof zij nu degene was die hen moest redden.

"Ik kan dit niet alleen," mompelde ze tegen zichzelf, haar adem condenseerde in de koude lucht. Ze moest naar Orion gaan, hem vertellen over de droom. Over de kracht die ze had gezien. De kracht die dreigde de stad opnieuw te verwoesten. Hij zou weten wat ze moesten doen. Hij zou haar kunnen helpen de boodschap te ontrafelen. Met snelle passen begon ze langs de kust te lopen, haar voetstappen doordrenkt met vastberadenheid. De nacht voelde plotseling zwaarder, alsof de aarde zelf haar hartslag versnelde. De dreiging die in haar droom had gehangen, was er nog steeds. De tijd begon te dringen.

Terwijl ze verder liep, dwaalden haar gedachten terug naar de donkere gestalte in haar droom. Wat was het? En waarom had het zo'n immense kracht? Het voelde alsof die entiteit niet alleen de vernietiging van Atlantis voor ogen had. Maar ook iets anders zocht. Een kracht die het voorbij de fysieke wereld zou tillen.

Kira wist één ding zeker: de tijd van rust was voorbij. Atlantis stond opnieuw op het punt om ten val te komen. Tenzij zij en de Wachters konden ontdekken hoe deze dreiging te stoppen. En het moest snel gebeuren. De oceaan had gesproken. Zijn boodschap was duidelijk: de ondergang van Atlantis was nabij, tenzij zij het tij konden keren.

1.2: Orion's voorbereidingen

Diep onder de oppervlakte van de oceaan voelde Orion de spanning in het water toenemen. De stromingen, die ooit vredig en ritmisch door de ruïnes van Atlantis stroomden, leken nu onrustig. Ze raakten uit balans, als een langzaam opbouwende storm die op het punt stond te ontketenen. Zijn gelaat, gehard door de eeuwenlange taak van het beschermen van de oude stad, vertrok in een strakke frons. Hij wist wat dit betekende. Dit was geen normale beweging van de zee. Dit was een waarschuwing.

Orion zweefde in het koele water, zijn blik gericht op de donkere contouren van de stad onder hem. Atlantis, een glorieus bouwwerk dat ooit boven de golven uitstak, was nu niet meer dan een vergane schaduw van zijn vroegere grootsheid. De oude pilaren, bedekt met eeuwenoude inscripties, vertelden de geschiedenis van een beschaving die macht en kennis had verkregen die ver voorbij het begrip van de huidige mensheid reikte. Het was zijn taak geweest om deze stad te bewaken. Om haar geheimen te beschermen tegen degenen die ze voor verkeerde doeleinden wilden gebruiken.

Maar nu, na al die jaren van stilte en geduldige waakzaamheid, voelde hij de dreiging naderen. Het Genootschap, een groep die hij al lang in de gaten hield, was dichterbij dan ooit. Ze waren slim, vastberaden, en meedogenloos. Orion wist dat ze niet zouden rusten voordat ze de geheimen van Atlantis in handen hadden. Hij voelde het in elke stroom die om hem heen kronkelde. De oceaan zelf wilde hem waarschuwen voor wat eraan kwam.

Hij bewoog zich langzaam door het water, zijn ogen scherp gericht op de tempelruïnes die in de verte opdoemden. De lichtgevende flora die de muren van de oude bouwwerken had bedekt, flikkerde zwak in het duister. Een herinnering aan de magie die nog steeds in de stad aanwezig was. Maar magie alleen zou hen nu niet kunnen redden. Niet tegen een vijand als Het Genootschap.

Toen hij de tempel bereikte, landde hij geruisloos op de gladde stenen vloer en hief zijn hoofd op. De tempel was leeg, stil, op het geluid van de zacht kabbelende stroming na die door de gangen bewoog. Hier had hij altijd zijn plannen gesmeed, zijn strategieën doordacht, maar deze keer voelde het anders. De dreiging die op hen afkwam was groter dan wat ze ooit hadden meegemaakt.

Zijn gedachten dwaalden af naar Kira. Ze had een visioen gehad, dat wist hij. Hij had het gezien in haar ogen toen ze de tempel was binnengekomen. Ze had hem niet eens hoeven spreken. Hij kende dat gevoel van naderend onheil. Het vermogen om de trillingen in de oceaan te voelen en te weten wat er komen ging. Kira was jong, onervaren, maar ze had iets in zich wat haar voorouders ook hadden gehad. Een intuïtie, een verbondenheid met Atlantis die niet te leren was. En toch twijfelde hij of ze klaar was. Hij schudde zijn hoofd en draaide zich om. Dit was niet het moment om te twijfelen. Hij moest de Wachters verzamelen. Ze hadden niet veel tijd.

Orion verliet de tempel en begon zijn weg terug naar de oude verzamelplaats van de Wachters, een verborgen plek diep in de zeebodem, omringd door rotsformaties en grotachtige structuren die als een schild fungeerden tegen nieuwsgierige ogen. Terwijl hij door de stille wateren bewoog, voelde hij de spanning in de oceaan verder toenemen. De stromingen duwden tegen zijn lichaam, chaotisch, zoals ze dat normaal nooit deden. Het was bijna of de zee hem zo waarschuwde voor wat er zou komen.

Toen hij de verzamelplaats bereikte, zag hij al enkele Wachters wachten. Hun gezichten strak van ernst. Ze hadden het ook gevoeld. De zee was een oude vriend voor hen, een bondgenoot die hen waarschuwde wanneer het gevaar dichterbij kwam. Zonder woorden uit te wisselen, knikte Orion naar hen. Ze begrepen wat hij bedoelde. Het was tijd om zich voor te bereiden.

"De tijd van stilte is voorbij," sprak Orion, zijn stem klonk stevig door het water, gedragen door de stroming die nu rond hen wervelde. "Het Genootschap nadert. Dit keer zullen ze niet terugdeinzen. We moeten Atlantis beschermen met alles wat we hebben."

Een van de Wachters, een oudere man met zilverkleurige haren die losjes rond zijn hoofd zweefden, stapte naar voren. "Hoe dichtbij zijn ze?" vroeg hij, zijn stem klonk bezorgd. "En wat weten ze?"

Orion aarzelde even. "Ze weten meer dan ik had verwacht," antwoordde hij uiteindelijk. "Meer dan goed is. Ik heb de bewegingen van hun mensen gevolgd, de tekens gezien. Ze komen. Ze zullen niet stoppen totdat ze alles in handen hebben wat we proberen te beschermen. Niet alleen de technologie, maar ook de filosofie, de macht en de kennis die Atlantis belichaamt. Ze willen alles."

De Wachters wisselden blikken uit. Ze hadden altijd geweten dat deze dag zou komen, maar het vooruitzicht maakte hen niet minder nerveus. Atlantis was meer dan een stad. Het was een symbool, een bastion van kennis en macht die door de eeuwen heen verborgen was gebleven. Maar die tijd van verborgenheid liep ten einde.

"Wat willen ze precies?" vroeg een andere Wachter, een jonge vrouw met scherpe, heldere ogen. "We weten dat ze op zoek zijn naar de oude technologieën, maar is dat alles? Of is er meer?"

Orion staarde naar de grond, de onzichtbare lijnen van zijn plannen vormden zich opnieuw in zijn hoofd. "Ze zoeken naar iets dat verder gaat dan technologie. Het Genootschap gelooft dat de geheimen van Atlantis niet alleen fysieke kracht zullen geven. Maar ook spirituele en filosofische macht. Ze denken dat ze, als ze toegang krijgen tot de diepste kennis van de stad, de wereld kunnen herscheppen naar hun eigen beeld."

Hij keek op, zijn ogen vurig van vastberadenheid. "Dat kunnen we niet toestaan."

De groep Wachters zweeg, maar de spanning in de ruimte was voelbaar. De zee, die altijd hun bondgenoot was geweest, leek nu op hen te drukken. Als een last die hen eraan herinnerde wat er op het spel stond.

"Wat is ons plan, Orion?" vroeg de oudere Wachter. Zijn stem was schor, moe van de jaren, maar zijn blik was nog altijd scherp. "We kunnen niet wachten tot ze ons vinden. We moeten ze voor zijn."

Orion knikte langzaam. "We zullen onze verdedigingen versterken," zei hij. "Maar deze keer zullen we meer moeten doen dan dat. We moeten begrijpen wat hun doelen zijn. Kennis is hun grootste kracht. Dat maakt hen gevaarlijker dan we ooit hebben meegemaakt."

De jongere Wachter fronste. "Hoe kunnen we ze stoppen als ze al zo dichtbij zijn? We zijn misschien sterk, maar ze zijn met velen."

"Daarom moeten we slim zijn," antwoordde Orion. "We kunnen ze niet alleen bevechten met kracht. Dit is niet zomaar een strijd om macht. Dit is een strijd om ideeën. Ze denken dat ze het recht hebben om de geheimen van Atlantis te gebruiken. We moeten ze laten zien dat ze die kennis niet waardig zijn."

De groep leek even stil te staan bij zijn woorden. De realiteit van de situatie begon door te dringen. Dit zou geen gevecht worden zoals ze eerder hadden gevoerd. Het Genootschap was meer dan een groep die op zoek was naar macht. Ze hadden een visie, een doel dat diepgeworteld was in de filosofie van Atlantis zelf.

Orion draaide zich om en keek naar de ruïnes van de stad die in de verte zichtbaar waren. De tempels, de pilaren, de straten die ooit hadden gebruist van leven. Het was allemaal verbonden met een diepere waarheid. Een waarheid die niet gedeeld kon worden met de buitenwereld. De geheimen van Atlantis waren te gevaarlijk. Niet vanwege de technologie of de fysieke macht die ze boden, maar vanwege de verantwoordelijkheid die ermee gepaard ging.

"We zullen alles doen wat we kunnen om hen tegen te houden," zei Orion uiteindelijk. "We hebben geen keuze."

De Wachters knikten, één voor één, hun gezichten strak van ernst. Ze wisten wat hen te wachten stond. Maar de onzekerheid over wat Het Genootschap werkelijk zocht, bleef in de lucht hangen.

Orion staarde naar de horizon van de oceaan, zijn gedachten zwaar. Het voelde niet goed. Er was iets aan deze dreiging dat anders was dan alles wat hij eerder had meegemaakt. Het Genootschap was te stil geweest, te goed voorbereid. Hoe konden ze zoveel weten over Atlantis, terwijl zij, de Wachters, hun hele leven hadden gewijd aan het beschermen van de stad?

"Wat als we niet klaar zijn?" vroeg hij zachtjes, meer tegen zichzelf dan tegen de anderen. Maar niemand antwoordde.

Hij rechtte zijn rug en draaide zich om naar zijn Wachters. "We moeten klaar zijn," zei hij uiteindelijk, zijn stem nu harder. "Atlantis hangt van ons af."

1.3: Seraphina's intuïtie

Diep onder het oceaanoppervlak, waar het licht van de zon niet meer reikte, zweefde Seraphina door de oneindige diepten van de zee. De wateren hier waren stil. Bijna als een gesloten ruimte. Het enige geluid dat haar omringde was het zachte ritme van haar eigen ademhaling en de trage stromingen die door haar zilveren schubben gleden. Ze voelde de puls van de oceaan. Een trillende energie die altijd al een deel van haar had uitgemaakt. Maar die vandaag sterker aanvoelde, intenser, alsdat de zee zelf haar iets probeerde te vertellen.

Ze zwom langzaam verder, haar ogen gericht op de horizon van de diepte, waar de contouren van een oude, half verwoeste tempel te zien waren. De tempel was gebouwd lang voordat de wereld boven het water had geweten van de krachten van Atlantis. Voordat haar eigen soort had begrepen wat ze konden zijn. De ruïnes waren nu begroeid met zeeplanten, hun wortels kronkelden rond de stenen muren als levende herinneringen aan een verloren tijd.

Seraphina voelde een rilling door haar lichaam trekken. De energie van de oceaan, ooit kalm en geruststellend, had zich de afgelopen dagen veranderd in iets anders. Ze voelde het in haar bloed. In de stromingen die om haar heen draaiden. De evolutie van haar soort, die ooit een langzaam, natuurlijk proces was geweest, leek nu een onverklaarbare snelheid te versnellen. Ze merkte het aan zichzelf en de anderen: hun lichamen veranderden sneller, krachtiger, als een stroom die geen rem meer kende.

Ze ademde diep in en strekte haar hand uit, haar vingers raakten een van de oude zuilen van de tempel. De steen voelde koud en stevig aan, maar er was ook iets anders. Een vibratie, een onzichtbare kracht die door de eeuwen heen in de ruïnes was blijven hangen. Zoals een stille echo van het verleden. Atlantis was hier, nog altijd aanwezig in de diepten van de zee. Maar de stad, net als de zeemeerminnen en -mannen, bevond zich op een keerpunt.

Seraphina voelde een onrust die haar niet losliet. De veranderingen in hun lichamen. De krachten die steeds groter werden, moesten een doel hebben, maar wat was dat doel? Wat betekende het voor hun soort, voor hun toekomst? En vooral, was het een zegen of een vloek? Ze duwde zich van de tempelmuur af en zwom dieper. Haar lange zilveren staart glinsterde in het weinige licht dat de zee hen nog schonk. Ze voelde de koude aanraking van het water op haar huid. Maar vandaag voelde het anders. De oceaan had altijd als een verlengstuk van haar ziel gevoeld, een troostende aanwezigheid. Maar nu voelde het alsof diezelfde zee haar verraadde, haar waarschuwde voor iets dat ze nog niet kon begrijpen.

Plotseling kwam ze tot stilstand. Haar ademhaling stokte en haar ogen schoten wijd open. Er was iets in het water. Iets dat verder ging dan de fysieke veranderingen die ze had ervaren. De oceaan ademde, pulserend. Ze voelde hoe de energie die ooit zo vertrouwd was, haar nu leek te overspoelen met een onheilspellende kracht.

"Wat gebeurt er hier?" fluisterde ze, terwijl haar hand onbewust naar haar borst ging, waar ze de trillingen van haar hart voelde. De vraag was niet bedoeld voor iemand in het bijzonder, maar de zee leek haar antwoord te geven. De stromingen versnelden, draaiden chaotisch om haar heen. De koelte van het water voelde ineens ijskoud. Dit was geen natuurlijke evolutie meer. Dit was iets anders, iets dat met meer kracht voortgedreven werd dan alleen de magie van Atlantis.

Seraphina voelde een golf van paniek door zich heen trekken. Iets wat ze zelden ervoer. Ze was altijd een leider geweest, de krachtigste onder haar volk. De oceaan was haar bondgenoot geweest, maar nu voelde ze zich bijna machteloos. De energie die ze ooit zo goed onder controle had, leek haar te ontglippen. Ze voelde het toenemen in haar spieren. In haar bloed. De kracht die haar lichaam vulde, was bijna te veel om te dragen.

Ze zwom snel omhoog, weg van de diepten van de tempel en het angstaanjagende gevoel dat haar overweldigde. Haar snelheid was verbluffend. Elke slag van haar staart leek een explosie van energie door het water te sturen. Ze kwam tot rust bij een hoger plateau, waar de stromingen rustiger waren. Seraphina keek om zich heen, haar ogen gefocust op de verte, terwijl ze probeerde haar gedachten te kalmeren.

Een paar tellen later zag ze een schim naderen. Het was een jonge zeemeerman. Een van haar volgelingen, die zich snel naar haar toe bewoog. Zijn lichaam was niet langer dat van een eenvoudige man. Zijn schubben glinsterden in het licht van de oceaan. Zijn staart was bijna volledig ontwikkeld. Net als zij was hij veranderd, maar ook hij voelde de onrust.

"Seraphina," riep hij toen hij haar bereikte. Zijn stem was bezorgd. "De anderen voelen het ook. De oceaan... er is iets mis."

Ze keek hem aan, haar blik ernstig, maar ook verward. "Ik weet het, Arion," antwoordde ze, terwijl ze haar hand op zijn schouder legde. "De evolutie gaat sneller dan ik ooit had verwacht. Ik kan het voelen, de kracht in ons... het groeit, maar ik weet niet of we het kunnen beheersen."

Arion zweeg even en keek naar de bodem onder hen. Waar de tempelruïnes als spookachtige figuren onder de donkere zee zweefden. "We zijn veranderd," zei hij zacht. "Maar wat betekent dit voor ons? Voor onze toekomst? Zijn we nog wie we waren. Of zijn we iets anders geworden?"

Seraphina had geen antwoord. De kracht die ze voelden, die hen steeds verder veranderde, was zowel een zegen als een vloek. Ze wist dat hun soort krachtiger werd. Beter uitgerust om Atlantis te beschermen tegen wat zou komen. Maar ze voelde ook dat deze veranderingen hen zouden kunnen vernietigen als ze deze niet begrepen.

"We zijn een deel van Atlantis," zei Seraphina uiteindelijk. "De oceaan stroomt door onze aderen. Dat maakt ons wie we zijn. Maar we moeten voorzichtig zijn. Deze kracht... het voelt niet alleen als een geschenk. Het voelt als een test."

Arion knikte, maar zijn ogen bleven rusteloos. "Wat als we falen?" vroeg hij zacht. "Wat als deze kracht ons vernietigt in plaats van ons te beschermen?"

Seraphina voelde haar hart sneller kloppen bij zijn woorden. Het was een vraag die ze zichzelf ook al had gesteld. Maar waar ze geen antwoord op had kunnen vinden. Hun soort was altijd in harmonie geweest met de zee. Hun krachten hadden hen verbonden met de magie van Atlantis. Maar nu voelde het alsof ze op de rand van iets gevaarlijks stonden. Iets waar ze nog geen grip op hadden.

"We kunnen ons niet laten leiden door angst," antwoordde ze uiteindelijk, hoewel haar stem niet zo zeker klonk als ze had gehoopt. "We moeten blijven vechten. Voor Atlantis, voor ons volk. Deze kracht is een deel van ons en we moeten het leren beheersen."

Arion keek haar even aan, zijn ogen gevuld met twijfel, maar ook met respect voor zijn leider. "Wat moeten we nu doen?" vroeg hij, terwijl hij naast haar zweefde en naar de diepte staarde.

"De evolutie versnelt," zei Seraphina. "Maar dat betekent dat we minder tijd hebben om ons voor te bereiden. We moeten naar Orion gaan. Hij voelt het ook, dat weet ik zeker. We kunnen deze strijd niet alleen aangaan. Dit is groter dan wijzelf."

Arion knikte opnieuw, zijn blik vastberaden. "We zullen Atlantis beschermen, wat er ook gebeurt," zei hij met meer overtuiging.

Seraphina draaide zich om, haar blik opnieuw gericht op de diepte waar de energie nog steeds in golven door het water stroomde. Ze voelde de kracht, maar ze voelde ook de dreiging die ermee gepaard ging. Het was alsof de oceaan haar waarschuwde voor een gevecht dat ze nog niet volledig begreep, maar dat onvermijdelijk was.

"Het is niet alleen aan ons," zei ze zachtjes, haar stem gedragen door de stroming. "Atlantis zelf is in gevaar. Deze nieuwe krachten... ze zullen ons helpen, maar ze zullen ook testen hoever we bereid zijn te gaan om het te beschermen."

Seraphina voelde een golf van emoties door zich heen gaan. Ze had altijd geweten dat haar soort verbonden was met de oceaan. Dat hun kracht afkomstig was van de diepere magie van Atlantis. Maar nu, met de dreiging van Het Genootschap, voelde ze de grenzen van die kracht vervagen. Hun lichamen veranderden, hun krachten groeiden, maar tegen welke prijs? Wat zou er gebeuren als ze deze krachten niet konden beheersen? Als ze hun eigen evolutie niet konden controleren?

Ze keek nog een laatste keer naar Arion en knikte. "Kom," zei ze. "We hebben geen tijd te verliezen."

Samen zwommen ze weg van de diepte, hun lichamen glijdend door het water als een verlengstuk van de oceaan zelf. Maar terwijl ze zich voortbewogen, bleef de onrust in Seraphina's borst bestaan. De zee was altijd haar bondgenoot geweest, maar nu voelde het alsof de oceaan hen ook uitdaagde. Hen testte om te zien of ze de macht aankonden die hen gegeven was. En Seraphina wist één ding zeker: als ze faalden, zou dat niet alleen het einde van hun soort betekenen, maar ook het einde van Atlantis zelf.

1.4: Kaelen's plan

De lucht boven de kustlijn was zwaar en verstikkend. De wind, die normaal gesproken verfrissende zeebriesjes bracht, voelde dik en laaiend warm. Als een voorbode van de gebeurtenissen die zouden volgen. De zee, ooit rustig en kalm, was nu woelig en onrustig. Ze golfde tegen de ruige kliffen alsof ze een waarschuwing wilde afgeven. Maar Kaelen stond onbeweeglijk aan de rand van de klif. Zijn ogen strak gericht op de horizon waar de oceaan zich eindeloos uitstrekte. Hij voelde geen angst, geen twijfel. Hij voelde slechts de onvermijdelijke naderende triomf.

Zijn handen klemden zich om de randen van een steen, het ruwe oppervlak sneed in zijn huid, maar hij leek het niet te merken. Zijn ogen waren gefocust. Zijn gedachten helder en vastberaden. Hier, diep onder de golven, lag het geheim van een verloren wereld. De sleutel tot macht en kennis die ver buiten de verbeelding van de gewone mens ging. Atlantis was geen mythe, zoals velen dachten. Nee, het was echt. En Kaelen was dichterbij dan ooit om de diepste geheimen van de stad te bemachtigen.

"Meester," klonk een stem achter hem. Het was Laon, zijn rechterhand, een slanke maar gedrongen man met de blik van iemand die meer zag dan hij liet blijken. "De voorbereidingen zijn bijna afgerond. De mannen staan klaar."

Kaelen draaide zich langzaam om, zijn ogen kil en vastberaden. "Goed. We hebben geen tijd te verliezen." Zijn stem was laag, beheerst, maar er klonk een ondertoon van opwinding in door. Het plan dat hij jaren geleden in werking had gezet, was eindelijk op het punt van uitvoering beland. En hij wist dat het zou slagen.

Laon boog lichtjes. Zijn lichaam straalde een mengeling uit van ontzag en angst. Iedereen in het Genootschap kende Kaelen's ambitie. Hij was niet zomaar een leider. Hij was een visionair. Een man die alles op alles zette om zijn doelen te bereiken, ongeacht de kosten. En nu was het Genootschap, onder zijn leiding, klaar om de grootste geheimen van Atlantis bloot te leggen.

Kaelen stapte weg van de klifrand en liep langs Laon. Zijn mantel wapperde in de wind die opsteeg van de zee. "Zijn de duikteams voorbereid?" vroeg hij zonder om te kijken.

"Laon knikte." "Ja, meester. Ze zijn uitgerust en getraind. Ze weten wat ze moeten doen en ze zijn loyaal. Niemand zal terugdeinzen."

Kaelen liet zijn blik even rusten op de zee beneden hen. Zijn ogen vernauwden zich toen hij dacht aan wat hen te wachten stond. "Loyaal," herhaalde hij zachtjes, meer tegen zichzelf dan tegen Laon. "Loyaliteit is kostbaar, Laon. En het is vluchtig. Zorg ervoor dat ze begrijpen wat er op het spel staat. Een enkel moment van aarzeling kan alles kosten."

Laon knikte snel en haastte zich weg om Kaelen's bevelen uit te voeren. Kaelen bleef staan, zijn handen achter zijn rug gevouwen. Zijn blik nog steeds op de golven gericht. Hij had zijn leven gewijd aan dit doel. Elke stap, elke beslissing, elk offer had hem dichter bij dit moment gebracht. Het Genootschap, dat hij zelf had opgericht, was meer dan alleen een groep volgelingen. Het was een beweging. Een doel dat groter was dan hijzelf. Zij zochten niet zomaar naar macht, niet in de traditionele zin. Ze zochten naar kennis, naar de diepere betekenis van wat macht werkelijk was.

Hij wist dat Atlantis die kennis bezat. De stad had ooit het hoogtepunt van menselijke beschaving vertegenwoordigd. Een beschaving die zo ver was gegaan dat ze bijna goddelijk waren geworden. Maar diezelfde kennis had ook geleid tot hun ondergang. Kaelen zag de ironie niet als een waarschuwing, zoals sommigen misschien zouden doen. Nee, hij zag het als een uitnodiging om de fouten van het verleden te corrigeren. Die macht juist te gebruiken. Het was zijn lot om de geheimen van Atlantis te ontrafelen en ze naar zijn hand te zetten.

Plotseling hoorde hij snelle voetstappen achter zich. Laon keerde terug, zijn gezicht strak van spanning. "Meester, we hebben de laatste kaarten ontvangen van de zuidelijke patrouilles. Ze bevestigen dat de Wachters hun verdediging versterken. Het lijkt erop dat ze weten dat we komen."

Kaelen glimlachte, maar het was geen glimlach van warmte of genegenheid. Het was een glimlach van pure triomf. "Natuurlijk weten ze dat," antwoordde hij kalm. "Ze voelen ons aankomen. Ze voelen dat hun tijd voorbij is."

Hij draaide zich om en liep met vastberaden passen naar de grote tent die net buiten de kliffen was opgezet. Binnen, in het schemerige licht van fakkels, stonden de leiders van zijn organisatie rond een grote stenen tafel. Op die tafel lagen oude kaarten van de zeebodem. Zorgvuldig samengesteld uit eeuwenoude teksten, archeologische vondsten en jaren van onderzoek. De kaarten toonden de contouren van Atlantis. De ligging van de ruïnes. De verborgen tunnels die door de stad liepen. En, het belangrijkst, de verdedigingsstructuren die de stad nog steeds beschermden.

Kaelen liep langzaam naar de tafel en liet zijn vingers over de oude perkamenten glijden. De symbolen op de kaarten waren archaïsch. Bijna onleesbaar voor het ongetrainde oog, maar voor hem waren ze kristalhelder. Hij had jarenlang bestudeerd hoe de stad zich had beschermd. Hoe de Wachters de geheimen van Atlantis hadden bewaakt. En nu, met de hulp van zijn organisatie, had hij de zwakke plekken gevonden.

"Atlantis is niet onoverwinnelijk," begon hij, zijn stem klonk krachtig door de tent. "De Wachters denken dat ze de macht hebben om de stad voor altijd te beschermen. Maar ze hebben zichzelf overschat. Ze zijn zwakker dan ze beseffen. Hun verdedigingen zijn niet meer dan een illusie. Ze vertrouwen te veel op oude magie. Op kracht die door de eeuwen heen is verzwakt."

Zijn ogen schoten omhoog. Hij keek zijn leiders aan, de mannen en vrouwen die jarenlang trouw aan zijn zijde hadden gestaan. "Wij," vervolgde hij, zijn stem werd zachter maar niet minder intens, "wij zijn de enigen die de waarheid kunnen begrijpen. De waarheid die verborgen ligt in de diepten van Atlantis. We hebben geen magie nodig om de stad binnen te dringen. We hebben alleen de juiste kennis en de juiste wil nodig."

Een van de oudere mannen, die al sinds de oprichting bij het Genootschap betrokken was, keek met gefronste wenkbrauwen naar de kaarten. "Maar meester," begon hij aarzelend, "wat als de Wachters ons onderschatten? Wat als ze iets achter de hand hebben, iets waar we geen weet van hebben? De oude verhalen vertellen over krachten die ver voorbij onze... capaciteiten reiken."

Kaelen's blik werd scherper. Hij richtte zich volledig op de man die had gesproken. "Denk je werkelijk dat ik me niet heb voorbereid?" Zijn stem was kalm, maar de onderliggende dreiging was onmiskenbaar. "Wij hebben jaren, tientallen jaren besteed aan het verzamelen van de juiste informatie. Aan het bestuderen van elke hoek van deze stad. Aan het doorgronden van elke inscriptie en elke spreuk die ons een voordeel kan geven. De Wachters zijn fossielen van een oud tijdperk. Ze weten niet eens meer hoe ze hun eigen kracht volledig moeten gebruiken."

De oudere man zweeg, knikte en boog zijn hoofd licht. Kaelen liet zijn ogen over de rest van de groep glijden, waarbij hij hun gezichten bestudeerde, zoekend naar tekenen van twijfel. Maar niemand durfde verder te spreken.

"Het Genootschap is klaar," ging Kaelen verder, zijn stem nu weer krachtig. "Wij staan op het punt de grootste macht ooit te ontdekken. En wanneer we die macht in handen hebben, zal er geen kracht ter wereld zijn die ons kan stoppen. Wij zullen de architecten zijn van een nieuwe wereld."

Hij draaide zich om naar de kaarten en wees naar een specifiek punt op de zeebodem. Dicht bij de ruïnes van de grote tempel van Poseidon, waar de krachtigste verdedigingsmechanismen van Atlantis zich bevonden. "Hier beginnen we," zei hij. "Dit is de sleutel tot de stad. Als we deze verdedigingslinies kunnen doorbreken, hebben we toegang tot de kern van Atlantis."

Een van de jongere leiders, een vrouw met scherpe, vastberaden ogen, stapte naar voren. "Wat is het plan, meester? Hoe dringen we binnen zonder de Wachters direct te confronteren?"

Kaelen glimlachte opnieuw. "We zullen hun magie tegen hen gebruiken. De oude verdedigingsstructuren van Atlantis zijn gebaseerd op energie. Op krachten die zijn afgeleid van de oceaan zelf. Maar die energieën zijn verzwakt door de tijd. Wij hebben een manier gevonden om die energieën te neutraliseren. Onze alchemisten hebben een middel ontwikkeld dat de magische barrières kan doorbreken zonder ze volledig te vernietigen. Het is een subtiele vorm van infiltratie. Ze zullen niet eens weten dat we binnen zijn totdat het te laat is."

Hij keek haar strak aan. "Wanneer we eenmaal binnen zijn, zullen we de bron van hun kracht vinden. En wanneer die bron in onze handen is, zullen we onstuitbaar zijn."

De vrouw knikte. Kaelen voelde de opwinding in de groep groeien. Dit was hun moment, hun kans om geschiedenis te schrijven, om de wereld te veranderen.

"Bereid alles voor," zei hij tenslotte, terwijl hij zich omdraaide en naar de ingang van de tent liep. "We beginnen bij zonsopgang. Tegen de tijd dat de Wachters beseffen wat er gebeurt, zal Atlantis van ons zijn."

En met die woorden stapte Kaelen naar buiten, de wind raasde om hem heen terwijl hij opnieuw naar de zee staarde. Zijn hart klopte sneller bij de gedachte aan wat er zou komen. Hij zou Atlantis niet alleen ontdekken, hij zou het veroveren.

1.5: Arion's ontdekking

De oceaan voelde anders aan vandaag. De gebruikelijke koude omhelzing van het water, die Arion altijd als vertrouwd en geruststellend had ervaren, was nu gevuld met iets nieuws, iets krachtigs. Het voelde of de stromingen hem dreven, of de zee zijn bloed, spieren en botten diep van binnen bewoog. Hij kon het in elke vezel van zijn lichaam voelen. De groeiende energie. De kracht die steeds meer van hem nam. De oceaan was niet alleen zijn wereld meer; het was zijn wezen.

Arion zwom snel, veel sneller dan hij ooit had gekund. Elke slag van zijn gespierde staart stuurde hem met ongekende snelheid door het water, terwijl zijn handen moeiteloos de stromingen leidden. Hij voelde zijn huid, nu gladder dan ooit, het water perfect afsnijden zonder enige weerstand. Zijn schubben, die de afgelopen maanden gegroeid waren, glinsterden zilverachtig, reflecterend in het zachte blauw van de diepten. Waar zijn benen ooit waren geweest, voelde hij nu de enorme kracht van zijn staart, een verlengstuk van de zee zelf. Er was een tijd geweest dat hij zich afvroeg of hij ooit volledig zou veranderen. Of hij ooit echt een zeeman zou worden zoals Seraphina en de anderen. Maar die onzekerheden verdwenen met elke nieuwe slag door het water. Zijn lichaam was bijna voltooid. Zijn transformatie bijna compleet. Hij voelde het in zijn aderen, zijn hartslag die synchroon liep met het ritme van de zee. Maar ondanks die groeiende kracht bleef er een vraag in zijn gedachten hangen die hem niet losliet: Wat nu?

Wat zou zijn rol zijn in wat komen ging?

Hij voelde de naderende strijd. De spanning in het water die zelfs hier in de diepte te merken was. Het Genootschap was dichtbij. Hij had de verhitte discussies tussen de Wachters gehoord. De zorgen over wat zou gebeuren als de vijand erin slaagde Atlantis binnen te dringen. Maar wat kon hij doen? Wat was zijn plaats in deze wereld van machtige Wachters en de evoluerende krachten van Atlantis?

Hij was nog jong in vergelijking met de anderen. Zijn lichaam had zich aangepast aan de oceaan. Maar zijn geest voelde zich nog steeds soms als die van een kind, worstelend om te begrijpen wat het lot van hem vroeg. De zee bood hem geen antwoorden op zijn vragen, alleen maar meer kracht en een dieper gevoel van verbondenheid.

Arion stopte bij een smalle kloof, diep verborgen in de oceaanbodem. Het was een plek waar hij vaak naartoe kwam als hij alleen wilde zijn. Als de last van de verwachtingen te zwaar werd. De kloof was een scheur in de rotsbodem die zich tientallen meters diep uitstrekte, gevuld met zachte algen en lichtgevende wezens die zich ver onder de oppervlakte schuilhielden. Hier vond hij vaak rust. Ver weg van de politiek van Atlantis. Ver weg van de blikken van de anderen.

Hij gleed naar beneden en liet zijn lichaam langzaam naar de bodem zakken, tot hij bijna volledig omgeven was door de algen. Zijn ogen sloten zich terwijl hij diep ademhaalde. Het water vulde zijn longen zoals lucht dat ooit had gedaan. Het was een vreemd maar vertrouwd gevoel. Het ademen van de zee. Het voelen van de koude stroming door zijn keel stromen en zijn lichaam voeden. Het maakte hem deel van de oceaan. En toch voelde hij zich nog steeds een buitenstaander.

Arion dacht terug aan de dagen voor zijn transformatie, toen hij nog mens was. Zijn huid had ruw aangevoeld. Zijn ademhaling moeizaam en hij was langzaam door het water gegaan, zoals een vreemdeling in een onbekend land. Maar dat was voorbij. Hij was nu een zeeman. Een wezen van de zee en de oceaan was zijn domein. Toch voelde hij dat de veranderingen die nog gaande waren in zijn lichaam meer waren dan alleen fysieke aanpassingen. Er was iets groters, iets diepers dat hem richting gaf, maar hij begreep nog niet wat dat was.

Zijn gedachten keerden terug naar Seraphina. Zij had haar evolutie geaccepteerd. Was een leider geworden onder haar volk en had zich verbonden met de diepere krachten van Atlantis. Ze was krachtig, moedig en vol vertrouwen. Arion bewonderde haar, maar hij wist dat hij nog niet zo ver was. Seraphina had haar plaats in deze wereld gevonden, maar zijn eigen pad bleef gehuld in onzekerheid.

De gedachten aan de naderende strijd vulden zijn geest opnieuw. Het Genootschap kwam dichterbij. Hun intenties waren duidelijk. Ze wilden de macht van Atlantis voor zichzelf. Wat kon hij daartegen doen? Hij was geen ervaren strijder. Geen machtige Wachter zoals Orion. Hij was nog niet eens volledig geëvolueerd, zelfs niet in vergelijking met de anderen.

En toch... toch voelde hij die kracht in zich groeien, sterker dan ooit tevoren.

Plotseling voelde hij een trilling door de kloof gaan. De algen rond hem bewogen onrustig. De lichte wezens die zich in de diepte bevonden, gleden snel weg in de donkere schaduwen. Arion opende zijn ogen en keek om zich heen. Er was iets veranderd. Het water voelde dikker, meer geladen met energie. Het was niet alleen de gebruikelijke stroming van de oceaan. Dit was iets anders, iets wat hij eerder had gevoeld maar niet had kunnen plaatsen. De kracht van Atlantis zelf leek te ontwaken. Zich door de diepte van de oceaan te verspreiden en in hem te resoneren.

Zijn hart klopte sneller. Hij strekte zijn hand uit en voelde de energie langs zijn vingers stromen. De zee probeerde met hem te communiceren. Dit was geen toevallige verandering. Dit was een boodschap, een signaal dat zijn transformatie bijna voltooid was. Zijn kracht was niet zomaar een gave. Het was een roeping, een uitnodiging om deel uit te maken van iets groters dan hij zich ooit had voorgesteld.

Arion stond langzaam op, zijn lichaam gleed soepel door het water terwijl hij de kloof verliet. Hij voelde zich anders. De energie in de oceaan vormde hem opnieuw. Zijn laatste stappen richting de voltooiing van zijn transformatie duwde. Zijn staart zwiepte krachtiger. Zijn spieren leken zich nog verder aan te passen aan de kracht van de stroming. Zijn zintuigen scherpten, elke beweging van de vissen, elke werveling van het zand op de bodem werd duidelijk voor hem.

Hij dacht nu te weten wat hij moest doen.

Zonder aarzeling zwom hij omhoog. Zijn lichaam sneed door de wateren als een roofdier dat zijn doel had gevonden. Hij moest terug naar Seraphina, terug naar de Wachters. De strijd kwam dichterbij. Hij zou zijn krachten moeten gebruiken, niet alleen voor zichzelf, maar voor Atlantis. De onzekerheid die hem zo lang had geteisterd, leek weg te glijden met elke slag van zijn staart. Hij had nog steeds vragen. Nog steeds twijfels over zijn rol. Maar één ding was zeker: hij kon de krachten die in hem groeiden niet negeren.

Terwijl hij door de diepte gleed, voelde hij de kracht van de oceaan sterker worden. Het water om hem heen leek te zingen. Een lied van oudheid en mysterie. Een lied dat de geschiedenis van Atlantis vertelde. Een geschiedenis die hij nu zou helpen beschermen. Zijn ademhaling versnelde. Niet van angst, maar van pure vastberadenheid.

Toen hij dichter bij de verzamelplaats van de Wachters kwam, zag hij Seraphina al wachten. Haar zilveren schubben glansden in het flauwe licht dat door de diepte filterde. Ze keek op toen hij naderde, haar blik kalm maar intens.

"Arion," zei ze zacht toen hij bij haar kwam, "je voelt het, nietwaar? De zee, de verandering... het gebeurt sneller dan we hadden verwacht." Arion knikte, nog steeds ademloos van zijn ontdekking. "Ja," antwoordde hij, zijn stem trilde licht. "Mijn transformatie is bijna voltooid. Maar ik weet nog steeds niet wat mijn rol is in dit alles."

Seraphina glimlachte zwak en legde een hand op zijn schouder. "Niemand weet dat volledig, Arion. Niet eens ik. Maar de oceaan heeft je gekozen. Dat betekent dat je belangrijk bent in de strijd die voor ons ligt. Vertrouw op je krachten. Vertrouw op wat de zee je vertelt."

Arion knikte langzaam, maar zijn onzekerheid bleef nog steeds op de achtergrond aanwezig. Hij keek naar Seraphina, die zo zeker van zichzelf leek. Zo zeker van haar plaats in de wereld. Hij wilde dat vertrouwen ook voelen. Die zekerheid dat hij het juiste deed. Dat hij klaar was voor wat zou komen.

"Wat als ik faal?" vroeg hij zachtjes, bijna onhoorbaar.

Seraphina's grip op zijn schouder verstevigde. "Dan falen we samen. Maar zolang we blijven vechten voor Atlantis, zullen we niet zonder betekenis sterven. De zee heeft ons haar kracht gegeven. Nu moeten we die gebruiken."

Arion knikte, terwijl de woorden van Seraphina door zijn hoofd echoot. Zijn twijfels smolten langzaam weg terwijl de energie van de oceaan in hem borrelde. Hij wist nu zeker wat hij moest doen. Zijn transformatie was bijna voltooid. Hij zou zijn krachten gebruiken om Atlantis te beschermen, wat er ook voor nodig was.

De strijd kwam dichterbij, maar Arion voelde zich klaar. Het lot van Atlantis lag nu ook in zijn handen.

Hoofdstuk 2: Het conflict

De diepe duisternis van de oceaan leek op te lichten. Niet door de zon of maan, maar door de opbouwende energie die zich door de wateren verspreidde. Er hing een spanning in het water die voelde als een aankondiging van de storm die komen zou. Elke beweging, elke golf droeg het gewicht van de dreiging die dichterbij kwam. Voor de Wachters van Atlantis was het geen verrassing. Ze hadden geweten dat Het Genootschap niet zou stoppen totdat ze hun doel hadden bereikt. Nu stonden ze op het punt om hun aanval in te zetten.

In de verte, net zichtbaar door de dikke lagen zeeplanten en rotsformaties, zweefde de oude stad Atlantis. De glorie van weleer was vervaagd. Maar de stad droeg nog steeds de sporen van haar onvoorstelbare macht. De torens, deels ingestort en bedekt met koraal en algen, straalden nog steeds een onaantastbare grootsheid uit. Dit was een plek waar geheimen verborgen lagen. Geheimen die nooit de handen van de mensheid boven de zee zouden mogen bereiken.

Kira, de jonge Wachter, zwom langs de oude tempel van Poseidon. Haar blik strak gericht op de wateren die verder reikten dan haar ogen konden volgen. Ze wist dat de tijd gekomen was. De donderslag van naderend gevaar hing al dagen in de lucht. Maar nu voelde ze de vibratie van het water die haar hart sneller deed kloppen. Het Genootschap was onderweg.

Orion kwam naast haar tevoorschijn. Zijn bewegingen vloeiend en krachtig, ondanks zijn leeftijd. Hij was een Wachter met jarenlange ervaring. Iemand die de zee en haar geheimen kende als geen ander. Hij kon de kleinste veranderingen in het water lezen zoals een krijger de wind kon voelen voor een gevecht.

"Ze zijn dichtbij," zei hij met een kalme, maar ernstige stem. Zijn blik gleed langs de horizon, waar de oceaan dieper en donkerder werd. "Dit is het begin, Kira. Het begin van iets groots. We moeten klaar zijn." Kira knikte, haar ademhaling voelde zwaar in haar borst. Ze was nog jong en ondanks de kracht die door haar bloed stroomde, voelde ze de onzekerheid knagen aan de rand van haar gedachten. Maar nu was niet het moment om te twijfelen. "Zijn we sterk genoeg, Orion?" vroeg ze, haar stem klonk vastberaden maar met een randje angst. "Ze hebben informatie over de stad. We weten niet hoe ver hun macht reikt."

Orion draaide zich naar haar toe, zijn ogen gefocust en doordringend. "We zijn sterk genoeg," antwoordde hij, "maar onze kracht ligt niet alleen in wat we weten, maar in wat we beschermen. Het is niet de macht van Atlantis die we verdedigen, maar de balans van de wereld. Het Genootschap begrijpt dat niet. Ze zoeken enkel macht, maar macht zonder begrip is destructief."

De oude Wachter wendde zijn blik weer af, starend naar de diepten. Hij wist dat Het Genootschap goed voorbereid was. Jaren hadden ze gewerkt aan hun plannen. Hun netwerk opgebouwd en de geheimen van Atlantis zorgvuldig ontleed. Maar wat ze niet konden begrijpen, was dat de zee meer was dan water en steen. De magie van Atlantis was geen statisch concept dat zomaar getemd kon worden. Het was levend, zich voortdurend aanpassend aan de intenties van degenen die het gebruikten.

Terwijl ze verder zwommen, hoorde Kira een gedempte, diepe toon door het water vibreren. Het voelde als een laag, dreigend geluid, een waarschuwing. "Het begint," mompelde ze tegen zichzelf.

Niet ver van hen, boven op de zeebodem waar de ruïnes zich verspreidden, vormden zich donkere schaduwen. De eerste golven van Het Genootschap waren in beweging gekomen, een elite-eenheid die zorgvuldig was geselecteerd en getraind voor deze missie. Hun lichamen, gehuld in duistere mantels die hen beschermden tegen de kracht van de stromingen, bewogen als roofdieren die hun prooi hadden gelokaliseerd. Ze hadden de verdedigingsstructuren van Atlantis bestudeerd, elke zwakke plek in kaart gebracht Nu was het tijd om hun plannen in werking te zetten.

Kaelen, hun meedogenloze leider, bevond zich in de voorste linie. Zijn ogen, vol met vastberadenheid en ambitie, keken door het donkere water naar de contouren van Atlantis. Hij voelde de macht die daar verborgen lag. De krachten die hij op het punt stond te ontrafelen. Dit was zijn moment, zijn roeping. "Vooruit," zei hij scherp, zijn stem leek door het water te snijden. "Wij zullen geschiedenis schrijven."

Zijn volgelingen zwegen en volgden zijn bevel. Ze wisten wat hen te wachten stond. De Wachters en de zeemeerminnen zouden zich verzetten. Maar dat zou geen verschil maken. Ze hadden te lang in de schaduwen geleefd, hun krachten onbenut. Kaelen had geen angst voor hen. Hij zag hun magie als een reliek uit het verleden. Iets dat hij zou gebruiken om de toekomst te herschrijven.

Diep onder hem, in de diepten van de ruïnes, zwom Seraphina. H aar zintuigen scherp gericht op de bewegingen van Het Genootschap. Ze voelde het, zoals ze alles voelde in de oceaan. De energie die door het water golfde was niet die van de zee, maar van indringers. Vreemdelingen die hier niet hoorden. Ze verzamelde haar krachten om de zee voor haar te laten spreken. Om haar te helpen de bedreiging te voelen voordat die te dichtbij kwam.

Arion zwom naast haar, zijn lichaam sterk en krachtig. Zijn staart snijdend door het water met een precisie die hem zelfs verraste. Zijn transformatie was bijna voltooid. Hoewel hij nog niet volledig in zijn nieuwe vorm was geaccepteerd, voelde hij de kracht die door hem heen stroomde. Maar samen met die kracht voelde hij ook de verantwoordelijkheid. "Seraphina," zei hij zachtjes, "wat als we niet op tijd zijn?"

Seraphina draaide haar blik naar hem, haar ogen vol met een intensiteit die hem bijna deed bevriezen. "We zullen op tijd zijn," antwoordde ze zonder twijfel. "Maar deze strijd gaat niet alleen om snelheid, Arion. Het gaat om het begrijpen van wat we verdedigen. Atlantis is niet zomaar een stad. Wij zijn niet zomaar haar bewakers. Wij zijn haar ziel. Zolang wij leven, leeft zij."

Arion knikte, hoewel de woorden hem nog steeds zwaar vielen. De oceaan voelde vandaag anders, met de golven die hen op de proef stelden. Hij kon de aanwezigheid van Het Genootschap voelen. De duisternis die ze met zich meebrachten. Maar tegelijkertijd voelde hij de kracht van Atlantis. De oude magie die zich steeds verder in zijn lichaam nestelde. Hij wist dat hij zijn krachten zou moeten gebruiken, dat er geen weg terug was.

"Ze komen," zei Seraphina plotseling, haar stem laag maar doordrenkt met kracht.

Orion dook op uit de diepte, net als Kira en de andere Wachters. Ze verzamelden zich in een cirkel, hun ogen gefocust op de richting waar de dreiging vandaan kwam. Het water voelde dikker, de spanning was bijna tastbaar.

"Dit is het moment," zei Orion, zijn stem kalm maar resoluut. "Wij zijn de hoeders van Atlantis. We zullen deze stad beschermen, niet met brute kracht, maar met wijsheid. Zij die haar willen vernietigen, zullen de consequenties onder ogen moeten zien."

"Wat is ons plan?" vroeg Kira, haar ogen glinsterden van vastberadenheid, maar ook van nervositeit. Dit was haar eerste grote strijd als Wachter. Hoewel ze krachtig was, voelde ze de zwaarte van haar rol drukken.

"We houden onze posities," antwoordde Orion. "We gebruiken de kracht van de stad, de magie die door deze wateren stroomt. Het Genootschap kan niet begrijpen wat ze proberen binnen te dringen. Hun kracht is niets vergeleken met wat Atlantis in zich heeft."

Kira knikte, haar handen balden zich tot vuisten terwijl ze naar de horizon staarde. De aanval van Het Genootschap was begonnen. Hoewel ze bang was, voelde ze ook een vlam van hoop branden. Ze was een Wachter. Dit was haar lot, haar plicht.

De eerste botsing zou elke seconde kunnen plaatsvinden. De krachten van de zee en de kennis van de Wachters zouden nu getest worden. Terwijl de duisternis van Het Genootschap naderde, vlogen de gedachten van iedereen door hun hoofd: wat zou de toekomst brengen?

De zee rommelde, de stromingen beukten harder, het water leek bijna te zingen van de dreigende strijd die zou volgen. Atlantis stond op het punt opnieuw te strijden voor haar geheimen.

2.1: Kira's verantwoordelijkheid

De wateren van Atlantis voelden zwaarder, bijna verstikkend. Kira zwom langzaam, haar gedachten verstrikt in de last van wat ze had gezien, wat ze had gevoeld. Het visioen dat haar dagen eerder had bezocht, bleef aan haar knagen. De stad zelf waarschuwde haar voor iets dat ze nog niet volledig kon begrijpen. Atlantis was altijd een mysterie geweest. Een plek waar oude krachten sliepen, maar het voelde nu alsof die krachten begonnen te ontwaken. En zij, Kira, leek verbonden met dat ontwaken.

De stad, ooit majestueus en vol leven, was nu een plek van ruïnes. Van oude tempels die zich langzaam in de diepte verloren. Ze kon het voelen. In de diepe golven die langs haar lichaam rolden. In het zoute water dat haar huid omhulde. Atlantis was in beweging. Kira was deel van die beweging, ook al begreep ze niet waarom. De verantwoordelijkheid drukte op haar schouders als een onzichtbare last.

Ze ademde diep in, haar longen vulden zich met het koele water dat haar door haar transformatie nu van leven voorzag. De visioenen hadden haar gewaarschuwd, dat wist ze. Maar wat ze niet begreep, was waarom ze juist haar hadden gekozen. Waarom Kira? Wat was het in haar dat haar zo speciaal maakte? De vraag draaide eindeloos in haar gedachten terwijl ze verder zwom door de verzonken stad. Haar lichaam voelde licht in het water. Moeiteloos bewoog ze zich door de smalle doorgangen en langs de oude pilaren van de tempels. Haar staart, lang en krachtig, glinsterde zacht in het blauwgroene licht dat vanuit de bovenliggende lagen van de oceaan viel. Elke slag voelde natuurlijker, meer verbonden met de stroming om haar heen.

Toch kon ze diezelfde verbinding die ze voelde met het water niet begrijpen als het ging om haar visioenen. Ze waren te intens. Te levendig geweest om slechts dromen te zijn. De eerste keer dat het gebeurde, had ze het afgedaan als een product van vermoeidheid. Maar de beelden waren zo duidelijk geweest: de vernietiging van Atlantis, de golven die zich ophoopten en de stad verzwolgen. De machtige tempels die instortten alsof ze niets meer waren dan zandkastelen.

En steeds weer had ze dezelfde schaduw gezien. Die onbekende, dreigende kracht die als een sluier over het lot van Atlantis leek te hangen. Wat ze ook probeerde, ze kon die beelden niet van zich afzetten. Het leek haar alsof de oceaan zelf haar riep, haar waarschuwde. Het was een boodschap die ze nog niet volledig begreep, maar waarvan ze wist dat ze niet kon worden genegeerd.

Kira stopte voor de tempel van Poseidon. De plek die in haar dromen het epicentrum van de verwoesting was geweest. Het gebouw torende boven haar uit, imposant en stil. Hier voelde ze de energie van Atlantis het sterkst. Dit was de plek waar de macht van de stad haar oorsprong vond, waar de zee zich concentreerde. Waar de geheimen van de oude beschaving verborgen lagen.

Ze legde haar hand op een van de pilaren. Het koude, ruwe oppervlak trilde zacht onder haar aanraking. Het voelde levend, of het haar aanwezigheid erkende, haar herkende. "Waarom ik?" fluisterde ze zachtjes tegen de stenen. Wetende dat er geen antwoord zou komen.

Maar de stilte die volgde was bijna ondraaglijk, alsof de stad haar aanstaarde, wachtend op wat ze zou doen.

"Je weet het al," klonk een stem achter haar. Het was diep en krachtig, doordrenkt met wijsheid die enkel jaren van ervaring kon brengen. Orion zwom naar haar toe, zijn oude, maar gespierde lichaam sneed moeiteloos door het water. Zijn ogen waren strak op haar gericht. Vol begrip maar ook met een tikkeltje teleurstelling, omdat hij wist hoe Kira met zichzelf worstelde.

Kira draaide zich om en keek hem aan. Ze had altijd respect gehad voor Orion. Hij was een Wachter sinds het begin van de evolutie. Een man die de geheimen van Atlantis kende zoals niemand anders. Maar zelfs hij leek soms overrompeld door de veranderingen die de stad en hun soort doormaakten. Toch had hij altijd vertrouwen gehad in zijn rol. In de taak die hem was toevertrouwd.

"Iedereen ziet het, Kira," ging Orion verder. "Jij voelt de stad zoals niemand anders dat doet. Je bent met haar verbonden. Wat je hebt gezien in je visioenen, dat zijn niet zomaar dromen. Het is Atlantis die tot je spreekt, je voorbereidt op wat komen gaat."

"Maar waarom ik?" vroeg Kira, haar stem klonk bijna schor, vol frustratie. "Waarom niet iemand zoals jij, die deze taak al jaren draagt? Iemand die sterker is, wijzer...?"

Orion glimlachte zwak en schudde zijn hoofd. "Atlantis kiest niet op basis van wat wij denken dat logisch is. Ze kiest op basis van wat ze nodig heeft. En blijkbaar heeft ze jou nodig, Kira."

Zijn woorden zweefden tussen hen in, terwijl Kira haar blik afwendde naar de tempel. De realiteit van zijn woorden drukte zwaar op haar borst. Ze had altijd geweten dat ze een Wachter was. Een beschermer van Atlantis, maar dit was anders. Dit voelde of de stad zelf haar tot iets groters opriep, iets wat ze nog niet kon bevatten. En dat maakte haar bang.

"Wat als ik faal?" vroeg ze zacht, haar blik gefocust op de donkere diepte van de tempel voor haar. "Wat als ik het niet kan dragen?"

Orion zweeg even, zijn blik verzachtend. "Iedereen is bang om te falen, Kira. Maar dat betekent niet dat je het niet kunt. Atlantis heeft je niet voor niets gekozen. Ze heeft gezien wat je kunt, zelfs als jij het nog niet ziet."

Kira knikte langzaam, maar de woorden deden haar twijfels niet volledig verdwijnen. Hoe kon ze een rol vervullen waar ze zichzelf niet eens klaar voor voelde? De beelden van de vernietiging, van de schaduw die over Atlantis hing, bleven haar achtervolgen. En met die beelden kwam de angst dat zij degene was die verantwoordelijk was om het tegen te houden.

Orion stapte dichterbij en legde een hand op haar schouder. Zijn greep was stevig, maar bemoedigend. "Je hoeft dit niet alleen te doen," zei hij. "We zijn er allemaal voor Atlantis. Maar het begint met het accepteren van wat je bent. Pas als je dat doet, kun je je rol volledig begrijpen."

Kira slikte en sloot haar ogen. Ze voelde de warmte van zijn woorden, maar ook de kou van haar eigen angst. Ze wilde geloven dat ze klaar was voor wat zou komen, maar de onzekerheid bleef knagen. De verantwoordelijkheid die ze voelde was enorm. Ze wist dat er geen weg terug was. Het Genootschap kwam dichterbij. De strijd om Atlantis zou snel beginnen. En toch, diep vanbinnen, wist ze dat ze het niet langer kon ontkennen.

Atlantis had haar gekozen.

Kira haalde diep adem, opende haar ogen en voelde de energie van de tempel door haar lichaam stromen. Ze legde opnieuw haar hand op de oude steen en voelde een trilling die door haar vingertoppen omhoogschoot, haar hele lichaam vulde met een vreemde rust. De zee sprak tot haar. De stad sprak tot haar. Voor het eerst voelde ze niet alleen angst, maar ook een diep gevoel van volledige verbondenheid.

"Ik zal doen wat nodig is," fluisterde ze, terwijl ze haar blik omhoog richtte naar de bovenste torens van de tempel. "Voor Atlantis."

Orion glimlachte en knikte. "Dat is alles wat we kunnen doen."

Ze bleven daar samen staan, zwijgend, terwijl de oceaan om hen heen golfde. De energie van de stad leek opnieuw tot leven te komen. Het gaf antwoord op Kira's stille belofte. Ze voelde de kracht door haar heen stromen. Een kracht die altijd al aanwezig was geweest, maar nu op haar wachtte om volledig benut te worden. Ze wist dat de strijd die voor hen lag meer zou vergen dan alleen fysieke kracht. Het zou een strijd zijn om de ziel van Atlantis. Haar visioenen waren de sleutel tot die strijd.

Kira wist dat haar lot onlosmakelijk verbonden was met dat van de stad. Wat er ook zou gebeuren, ze kon haar rol niet ontlopen. De verantwoordelijkheid drukte nog steeds zwaar op haar schouders, maar ze voelde zich nu gesterkt door de wetenschap dat ze niet alleen stond. De Wachters, de zeemeerminnen, de stad zelf stonden achter haar.

Terwijl ze zich voorbereidde om zich bij de anderen aan te sluiten, hoorde ze de eerste diepe trillingen van de oceaan die de komst van Het Genootschap aankondigden. Het water leek dieper te worden, zwaarder. Elke golf voelde geladen met een spanning die in de lucht hing. De strijd was begonnen.

"Kom," zei Orion, terwijl hij zich omdraaide. "We moeten naar de anderen. De tijd van voorbereiding is voorbij."

Kira knikte. Zonder nog een woord te zeggen, volgde ze hem. Haar hart klopte in haar borst, de spanning van de komende strijd bewoog als een woeste stroom door haar aderen. Maar ze was klaar. Of ze het nu begreep of niet, ze wist dat haar plaats hier was, in Atlantis, als een Wachter van de oude stad.

En wat er ook zou gebeuren, ze zou haar rol vervullen.

2.2: Orion's strategie

De stromingen van de oceaan leken zwaarder dan ooit. Orion voelde het in zijn spieren. Zijn botten. Zelfs in de stroming van zijn gedachten. De spanning hing als een deken over de diepten van Atlantis. Het Genootschap kwam dichterbij. De tijd om te handelen was aangebroken. Terwijl de onderwaterstad zwijgend onder de golven lag, met haar oude tempels en vergane straten, wist hij dat het lot van Atlantis aan een zijden draadje hing.

Orion zwom door de kronkelige doorgangen van de ruïnes Zijn spieren gespannen en zijn ogen gefocust op de weg voor hem. De tempel van Poseidon lag achter hem. Een plaats waar hij vaak kwam om strategieën te overdenken en plannen te smeden. Vandaag had hij echter niet de luxe van tijd. De dreiging die hen te wachten stond, vereiste onmiddellijke actie. Hij kon de vibraties van de oceaan voelen die aankondigden dat Het Genootschap dichterbij kwam. Maar meer dan dat voelde hij een onrust in zijn geest die hij niet kon plaatsen. Er was iets aan deze dreiging dat anders was dan de vorige keren. Het voelde... doordacht.

Toen hij de verzamelplaats van de Wachters bereikte, stonden zijn metgezellen al in een halve cirkel. Ze hadden gewacht op zijn terugkeer. De Wachters waren de hoeders van Atlantis. Een geheim genootschap dat de stad sinds haar ondergang beschermde. Elk van hen had een diepe verbondenheid met de zee en met de oude kennis die Atlantis rijk was. Ze droegen niet alleen de verantwoordelijkheid van hun voorouders, maar ook de last van de geheimen die zij beschermden. En nu, nu hun stad onder aanval stond, keken ze naar Orion voor leiding.

Hij keek de kring rond en zag de gespannen gezichten van de Wachters. Onder hen was Kira, nog jong, maar gevuld met kracht en vastberadenheid. Seraphina stond naast haar. Haar zilveren schubben glinsterden in het zachte licht dat door het water filterde. Ze was een van de machtigste onder hen. Een vrouw die haar transformatie naar een zeemeermin had geaccepteerd met de kracht van een krijger. En dan was er Arion. Een man wiens transformatie nog niet volledig was, maar die zijn plaats naast de Wachters had ingenomen met moed en trouw. Ze waren allemaal hier, wachtend op zijn bevelen.

"Orion," zei Seraphina, haar stem was vastberaden maar zacht. "Ze komen. We voelen het allemaal."

Orion knikte, maar bleef een moment zwijgen terwijl hij zijn gedachten ordende. De verdediging van Atlantis was niet iets dat licht opgevat kon worden. De stad had meer geheimen dan een buitenstaander ooit zou kunnen begrijpen. De macht die hier onder de golven lag, mocht nooit in verkeerde handen vallen. Het Genootschap, geleid door Kaelen, was echter dichterbij dan ooit. Ze wisten meer dan Orion had verwacht. En dat baarde hem zorgen.

"We hebben de oude kennis van Atlantis aan onze zijde," begon hij uiteindelijk, zijn stem kalm en beheerst, hoewel er een lichte ondertoon van spanning doorheen klonk. "De verdediging van de stad is niet alleen gebouwd op fysieke kracht, maar op de magie die door deze wateren stroomt. Dit water is niet zomaar een oceaan. Het is een verlengstuk van Atlantis zelf. Het is ons schild en ons wapen."

De Wachters keken hem aandachtig aan, hun blikken geconcentreerd, maar ook met een vleugje angst. Ze wisten allemaal wat er op het spel stond. Het was niet alleen hun leven dat ze beschermden, maar de geheimen van een verloren beschaving die, als ze in de verkeerde handen vielen, de wereld boven de golven zouden kunnen veranderen in een chaos van macht en oorlog.

"Wat weten we over hun tactieken?" vroeg Arion. Zijn stem klonk vastberaden, maar zijn ogen verraadden de onzekerheid die hij voelde. Dit was zijn eerste grote strijd als Wachter. Hoewel hij de kracht van Atlantis door zijn aderen voelde stromen, kon hij niet ontkennen dat de onzekerheid knaagde.

Orion haalde diep adem, de zoute geur van de oceaan vulde zijn longen en bracht een kort moment van kalmte. "Het Genootschap komt voorbereid," zei hij. "Ze hebben jaren besteed aan het verzamelen van kennis over de stad. We mogen hun vastberadenheid niet onderschatten. Ze denken dat ze de verdedigingsstructuren van Atlantis kunnen doorbreken. Maar ze begrijpen niet wat deze stad werkelijk is. De magie van Atlantis is geen statisch iets. Het leeft, het beweegt, het reageert op intenties."

"En toch," vervolgde hij na een korte stilte, "is er iets aan hun bewegingen dat me zorgen baart. Het voelt alsof ze meer weten dan we hadden verwacht. Hun precisie, hun timing... het klopt niet. Ze hebben toegang tot informatie die we niet hadden voorzien. Iemand heeft hen geholpen. Iemand die de geheimen van Atlantis kent."

Kira keek hem aan, haar ogen gevuld met vragen. "Wie kan dat zijn? Wie zou de kennis van Atlantis delen met hen?"

Orion schudde zijn hoofd, maar zijn blik werd donker. "Dat weet ik niet," gaf hij toe. "Maar het maakt onze taak des te moeilijker. We kunnen niet langer vertrouwen op de conventionele verdedigingen. We moeten ons voorbereiden op het onverwachte. Wat ze ook denken te weten, ze onderschatten één ding: onze verbondenheid met de stad."

Seraphina stapte naar voren. "Wat is ons plan, Orion?" vroeg ze. Haar stem klonk vastberaden, haar ogen fel. "Hoe kunnen we ze stoppen voordat ze te dichtbij komen?"

Orion keek naar haar en knikte langzaam. "We zullen gebruikmaken van de oude Atlantische kennis die ons gegeven is," zei hij. "De tempels, de ruïnes... ze zijn meer dan alleen fysieke structuren. Ze bevatten de energie van de stad. We kunnen die energie kanaliseren om barrières te creëren die hen zullen tegenhouden."

Hij keek om zich heen, zijn ogen ontmoetten die van elk van de Wachters. "Jullie weten dat de kracht van Atlantis diep onder deze stad ligt, in de fundamenten van de tempels. Wat ze niet begrijpen, is dat de stad zelf leeft. Atlantis zal niet zomaar vallen. De magie die hier aanwezig is, is door de eeuwen heen gegroeid en veranderd. Het water zelf is een wapen. We zullen het gebruiken."

Arion leunde naar voren, zijn interesse gewekt. "Hoe gebruiken we het water?" vroeg hij. "Kunnen we de stromingen sturen, ze manipuleren om ze tegen te houden?"

Orion glimlachte zwak. "Niet direct," zei hij. "Maar we kunnen de oude runen van de tempels gebruiken om de energie van de stad te versterken. De stromingen volgen de energieën van de stad. Als we die energieën versterken, zullen de stromingen krachtiger worden. Ze zullen Het Genootschap verdrijven voordat ze zelfs maar de buitenste muren bereiken."

Kira keek Orion aan, haar blik vol vastberadenheid. "We kunnen de tempels gebruiken om barrières te creëren," zei ze zachtjes, terwijl ze probeerde te begrijpen wat haar mentor bedoelde. "Maar wat als dat niet genoeg is? Wat als ze een manier hebben gevonden om die barrières te doorbreken?"

Orion zweeg even, zijn ogen rustten op de oude inscripties die in de muur van de ruïnes waren gekerfd. De stenen, eeuwenoud en doordrenkt met magie, leken zacht te vibreren. Ze voelden de spanning van het moment. "Dat is mijn grootste angst," gaf hij toe. "Als ze meer weten dan we dachten. Als ze kennis hebben van de diepere geheimen van Atlantis, dan kan het zijn dat de conventionele methoden niet werken."

"Wat stel je dan voor?" vroeg Seraphina, terwijl ze naast hem kwam staan.

"We moeten een dubbele laag creëren," antwoordde Orion. "We gebruiken de magie van de tempels om ze op afstand te houden. Maar we moeten ook onze krachten concentreren op het versterken van de fysieke barrières. De stad is gebouwd met oude technologieën die zelfs wij niet volledig begrijpen. Die technologie, in combinatie met de magie, kan de sleutel zijn."

De Wachters knikten langzaam. Ze begrepen de complexiteit van de situatie, maar wisten ook dat ze weinig keuze hadden. Het Genootschap zou niet stoppen totdat ze de macht van Atlantis in handen hadden. Zij moesten dat voorkomen.

Orion draaide zich om naar Seraphina. "Jij leidt de zeemeerminnen," zei hij. "Gebruik je kracht om de stromingen te controleren en de barrières te versterken. Jullie verbinding met de zee is sterker dan die van ons. De oceaan luistert naar jullie."

Seraphina knikte vastberaden en legde een hand op zijn schouder. "Ik zal ervoor zorgen dat ze ons niet doorbreken," beloofde ze. "De zee zal onze vijanden verdrinken."

Orion draaide zich vervolgens om naar Kira. "Jij en Arion komen met mij mee naar de tempel van Poseidon. We moeten de oude runen activeren om de energie van de stad te versterken. We hebben geen tijd te verliezen. Het Genootschap komt dichterbij."

Kira slikte en voelde opnieuw de last van haar verantwoordelijkheid. Maar deze keer voelde ze ook een groeiende vastberadenheid. "We zullen ze stoppen," zei ze. "Wat er ook gebeurt."

Orion knikte en keek nog een laatste keer naar zijn Wachters. Hij wist dat de strijd die hen te wachten stond zwaar zou zijn. Misschien wel de zwaarste die ze ooit hadden gevoerd. Maar hij wist ook dat ze geen keus hadden. Atlantis moest beschermd worden. Dat kon alleen door de kracht van de stad zelf te benutten. Het Genootschap dacht dat ze de geheimen van Atlantis konden ontrafelen. Maar ze begrepen niet dat de stad een levend wezen was. Een entiteit die haar eigen bescherming kon oproepen als het nodig was.

De stromingen om hen heen werden sterker. Orion voelde hoe de energie van de stad zich begon te concentreren. Dit was hun moment. De verdediging van Atlantis hing af van hun vermogen om de oude krachten van de stad te activeren. En hoewel hij wist dat Het Genootschap meer wist dan hij had verwacht, was hij vastbesloten om te vechten met alles wat ze hadden.

"Het is tijd," zei hij uiteindelijk. "Laten we Atlantis beschermen."

De Wachters verspreidden zich, elk met hun eigen taak. Terwijl de wateren om hen heen zwaarder en donkerder werden. De strijd was begonnen.

2.3: Seraphina's dilemma

De koude, stille diepten van de oceaan drukten zwaar op Seraphina's gedachten. De stromingen waren rustiger dan ze eerder die dag waren geweest. De zee bereidde zich voor op wat er zou komen. Maar in haar hart woedde een storm. Eén die haar rusteloos hield terwijl ze langzaam door de wateren gleed. Ze kon het gevoel niet van zich afschudden dat de keuzes die ze moest maken groter waren dan alleen de dreiging van Het Genootschap. Ze voelde een diepe spanning. Niet alleen door de naderende strijd. Maar door iets dat al veel langer in haar had geleefd.

Seraphina was altijd een leider geweest. Een baken van kracht voor haar volk, de zeemeerminnen en -mannen. Ze had de oceaan leren begrijpen op een manier die anderen niet konden. De zee sprak tot haar, voedde haar. Gaf haar de kracht om te beschermen wat haar lief was. Maar nu was de verbondenheid met de oceaan ook een last geworden. Een constante herinnering aan de geheimen die haar soort had verworven door de evolutie. Ze wist dat ze aan de vooravond stonden van een beslissend moment. Niet alleen voor Atlantis, maar voor haar hele soort.

Ze voelde het water om haar heen vibreren. Niet van de naderende vijand, maar van de kracht die in haarzelf opborrelde. Haar transformatie was volledig. Haar lichaam volledig aangepast aan het leven in de zee. De zilveren schubben die haar huid bedekten, glinsterden in het flauwe licht dat van boven kwam. Haar longen, ooit beperkt door lucht, konden nu net zo gemakkelijk het water van zuurstof ontdoen. Haar spieren waren sterker, haar zintuigen scherper. Ze was een volwaardige zeemeermin, een wezen van de oceaan. En toch worstelde ze met wat dit allemaal betekende.

De oceaan was haar thuis. Maar haar gedachten werden gevuld met een vraag die steeds moeilijker te negeren was: Moest ze deze kracht delen met de mensheid? Zou het juist zijn om de geheimen van haar soort naar de oppervlakte te brengen? Of moest ze, zoals de traditie van

Atlantis dicteerde, alles verborgen houden. De geheimen beschermen die hun volk zo lang veilig hadden gehouden?

Seraphina zwom naar een afgelegen grot, diep verscholen tussen de ruïnes van Atlantis. Dit was haar toevluchtsoord. Een plek waar ze naartoe kwam wanneer de last van haar verantwoordelijkheden te zwaar werd. De grot was stil. Omgeven door koraal en oude stenen die bedekt waren met zachte, wiegende zeewier. Ze gleed naar binnen en liet zich op een platte rots zakken. Haar handen rustten op haar schoot terwijl ze haar blik op de donkere diepten richtte.

Haar gedachten dreven terug naar een gesprek dat ze jaren geleden met haar mentor had gehad. Voordat haar transformatie was voltooid. De oude zeemeermin, Thalassa, had haar altijd gewaarschuwd voor de verleiding om hun krachten te delen met de wereld boven de golven. "De mensen boven de zee begrijpen onze wereld niet, Seraphina," had Thalassa haar verteld. Haar stem klonk zwak maar doordrenkt met wijsheid. "Ze zijn blind voor de balans van de natuur. Voor de verantwoordelijkheden die gepaard gaan met macht. Als we onze krachten met hen delen, zullen ze die gebruiken om hun eigen belangen te dienen. Ze zullen de oceaan vernietigen zoals ze het land vernietigen."

Die woorden hadden haar toen gerustgesteld. Maar nu waren ze een bron van verwarring geworden. Wat als Thalassa ongelijk had gehad? Wat als er wel een manier was om de mensheid te helpen evolueren. Om hen deelgenoot te maken van de krachten van de oceaan zonder dat ze deze zouden misbruiken? Wat als Atlantis juist moest worden onthuld. Niet om macht, maar om een nieuwe harmonie tussen land en zee te creëren?

Seraphina zuchtte diep en sloot haar ogen. Haar handen streken door het water dat zachtjes langs de rots gleed. Ze voelde de energie van de oceaan door haar heen stromen. Kalmerend en krachtig tegelijk, maar het bracht haar geen antwoorden. Ze dacht aan de evolutie van haar soort. De ongelooflijke transformatie die ze hadden doorgemaakt.

Ze waren geen mensen meer, maar ze waren ook geen gewone zeedieren. Ze stonden op het kruispunt van natuur en magie. Van kennis en macht. Wat zou er gebeuren als ze die kracht loslieten in de wereld van de mensen?

Een golf van onrust trok door haar heen terwijl ze nadacht over Het Genootschap. Kaelen en zijn volgelingen waren het perfecte voorbeeld van wat er mis kon gaan als macht in de verkeerde handen viel. Ze hadden geen respect voor de oceaan. Geen besef van de verantwoordelijkheid die gepaard ging met de geheimen van Atlantis. Voor hen was het enkel een middel om controle te krijgen over de wereld. Een manier om hun eigen ambities te vervullen. Als ze eenmaal toegang hadden tot de krachten van de zeemeerminnen en -mannen, zouden ze die zonder twijfel gebruiken om chaos en vernietiging te veroorzaken.

Maar was het eerlijk om de hele mensheid te veroordelen op basis van de daden van een enkeling? Er waren ook mensen geweest die Atlantis hadden beschermd. Die met respect en zorg naar de geheimen van de oceaan hadden gekeken. Lyra, de voorouder van Kira, was zo iemand geweest. Zij had gevochten om de kennis van Atlantis te beschermen. Niet om het te gebruiken voor persoonlijk gewin, maar om het veilig te stellen voor toekomstige generaties. Wat zou Lyra doen als ze in Seraphina's positie stond? Zou ze ervoor kiezen om de geheimen te delen. Of zou ze deze bewaren voor degenen die ze echt begrepen?

Terwijl Seraphina daar zat, hoorde ze zachte bewegingen achter haar. Ze draaide zich om en zag Kira door de ingang van de grot glijden. Haar ogen glinsterden met dezelfde twijfels die Seraphina zelf voelde. "Je hebt het gevoeld, nietwaar?" vroeg Kira, haar stem zacht maar vol zekerheid. "De kracht, de verandering. Het voelt... onvermijdelijk."

Seraphina knikte en maakte een uitnodigend gebaar zodat Kira naast haar kon komen zitten. De jonge Wachter zwom naar de rots en nam plaats. Haar blik rustte op de donkere diepte voor hen. "Ik weet niet wat het betekent," vervolgde Kira. "Maar ik voel dat we op de rand staan van iets groots. En ik weet niet of ik klaar ben om te beslissen wat het juiste is."

"Niemand is ooit helemaal klaar," zei Seraphina, haar stem klonk weemoedig. "We hebben ons hele leven lang geleerd om de geheimen van Atlantis te beschermen. Maar wat als die geheimen de sleutel zijn om de wereld te redden? Wat als we meer kunnen doen dan alleen beschermen? Wat als we kunnen creëren, veranderen, evolueren?"

Kira keek haar aan, haar ogen glinsterden van twijfel en verwarring. "Maar wat als we het mis hebben? Wat als we de kracht aan de verkeerde mensen geven? Het Genootschap zou alles vernietigen."

Seraphina zweeg even, haar blik gericht op de golvende zeeplanten die voor hen heen en weer wiegden. "Dat is de vraag die me kwelt," gaf ze uiteindelijk toe. "Wat als we de evolutie van onze soort delen en de mensheid het niet aankan? Wat als ze de oceaan vernietigen zoals ze het land hebben vernietigd? Maar wat als we juist kunnen helpen om de balans te herstellen? Wat als wij de brug zijn tussen de wereld boven en de wereld onder de zee?"

Kira zuchtte diep en leunde met haar handen op de rots. "Ik weet het niet," zei ze zacht. "Maar ik weet wel dat we moeten beslissen voordat Het Genootschap ons dwingt om die keuze te maken."

Seraphina knikte langzaam. Ze wist dat Kira gelijk had. Hun tijd om te twijfelen was bijna voorbij. De strijd die voor hen lag, zou meer vereisen dan alleen kracht en strategie. Het zou een morele strijd worden. Een gevecht om te bepalen wat de toekomst van hun soort zou zijn. Zouden ze hun geheimen blijven bewaren. Of zouden ze de evolutie omarmen en die kennis delen met de rest van de wereld?

"Wat denk je dat het juiste is, Kira?" vroeg Seraphina zachtjes, terwijl ze haar blik weer op de diepte richtte.

Kira zweeg lang voordat ze antwoord gaf. "Ik denk dat de zee ons antwoord al heeft gegeven," zei ze uiteindelijk. "De evolutie van onze soort gaat niet meer om ons alleen. Het gaat om de balans tussen land en zee. Tussen wat was en wat zal zijn. Misschien is het niet aan ons om te beslissen wie die kennis mag hebben. Misschien moeten we de wereld laten evolueren zoals de zee dat wil."

Seraphina keek naar de jonge Wachter naast haar en voelde een vreemde kalmte over zich heen komen. Kira had een punt. Misschien was het niet aan hen om te beslissen wie wel of niet klaar was voor deze kennis. Misschien was de evolutie zelf het antwoord. Een natuurlijke voortgang die niemand volledig kon beheersen.

"Misschien heb je gelijk," zei Seraphina zachtjes. "Misschien moeten we de zee haar werk laten doen. Maar dat betekent niet dat we onvoorbereid kunnen zijn. Wat er ook gebeurt, we moeten ervoor zorgen dat Atlantis blijft bestaan. Of we nu onze geheimen delen of niet."

Kira knikte. "We moeten vechten voor wat juist is, hoe dan ook."

Seraphina stond langzaam op, haar lichaam gleed soepel door het water terwijl ze zich van de rots losmaakte. "Kom," zei ze, terwijl ze zich naar de uitgang van de grot bewoog. "We moeten ons klaarmaken voor de strijd. Wat er ook gebeurt, we moeten ervoor zorgen dat Atlantis overleeft. En wie weet, misschien zal de zee ons antwoord geven als de tijd rijp is."

Kira volgde haar. Samen zwommen ze terug naar de verzamelplaats van de Wachters. Seraphina voelde de onrust nog steeds in haar hart, maar ze wist dat ze geen tijd meer had om te twijfelen. De strijd was begonnen. Zij moesten klaarstaan om te vechten. Of ze de geheimen van hun evolutie zouden delen of bewaren, was een beslissing voor later. Voor nu moesten ze vechten voor hun stad, hun volk en hun toekomst.

2.4: Kaelen's verrassing

Het donkere water van de oceaan krulde om Kaelen's lichaam terwijl hij zich langs de ruïnes van Atlantis bewoog. De koude diepten voelden aan als een vertrouwde omhelzing. Een plaats waar hij zich onoverwinnelijk waande. Het Genootschap was verder gekomen dan hij ooit had durven dromen. Ze hadden de buitenste verdedigingslinies van Atlantis doorbroken. De stad die zo lang verborgen was gebleven, lag nu voor hem. De geheimen waar hij al jarenlang naar zocht, leken binnen handbereik.

Zijn ademhaling klonk zwaar in de duisternis. Kaelen had zijn hele leven aan dit doel gewijd: het vinden en herwinnen van de krachten van Atlantis. Hij was geboren in een wereld waar kennis en macht door enkelen werden gecontroleerd. Maar hij had het pad van rebellie gekozen. Met één doel voor ogen: de verloren beschaving van Atlantis vinden en de krachten ervan benutten om een nieuwe wereld te bouwen, een wereld naar zijn wil.

Hij gebaarde naar zijn volgelingen, die vlak achter hem zwommen. Hun donkere silhouetten bewogen geruisloos door het water. Gehuld in mantels die hen beschermden tegen de koudste stromingen van de oceaan. Ze waren getraind, zorgvuldig geselecteerd om dit moment te beleven. Dit was geen amateuristische operatie. Geen overmoedig plan zonder richting. Kaelen had elke stap zorgvuldig gepland, elk detail onderzocht. Wat hij nu onder ogen moest zien, was de beloning voor al die jaren van voorbereiding.

Maar toch voelde hij iets knagen aan de rand van zijn gedachten. Het water om hem heen leek zwaarder te worden. Niet door de fysieke druk van de diepte, maar door een onzichtbare kracht die door de stromingen sneed. Hij had gehoord dat de magie van Atlantis zich als een ademend wezen door de zee verspreidde. Maar nu voelde hij het zelf. De oceaan waarschuwde hem.

Kaelen stopte, zijn ogen vernauwden terwijl hij om zich heen keek. De ruïnes van Atlantis lagen nog verderop. Verborgen achter een gordijn van zeegras en gesteente. Het leek allemaal zo verlaten, zo stil. Maar hij wist beter. Hij voelde de oude krachten. De magie die hier sluimerde als een tijger die klaar was om aan te vallen. Dit was geen eenvoudige stad. Het was een levend wezen, doordrenkt met kennis en macht die ouder was dan enig levend mens.

"We zijn dichterbij dan ooit," fluisterde Laon, zijn meest loyale volgeling, die naast hem verscheen. "De verdediging is doorbroken. De Wachters weten niet dat we hier zijn."

Kaelen knikte langzaam, zijn ogen nog steeds gefocust op de ruïnes voor hem. "Ze voelen ons," zei hij uiteindelijk. "De stad voelt ons. Maar dat maakt niet uit. Atlantis is al lang verlaten door haar oorspronkelijke bewoners. Wat hier achterbleef, zijn alleen de overblijfselen van hun macht."

"En de Wachters?" vroeg Laon aarzelend, zijn stem gedempt door de zware diepten om hen heen. "Denk je dat ze ons tegen kunnen houden?"

Kaelen glimlachte zwak, maar er was geen humor in die glimlach, enkel vastberadenheid. "De Wachters zijn net als de stad," antwoordde hij. "Fossielen van een wereld die niet langer bestaat. Ze klampen zich vast aan verouderde macht. Maar die macht is nu van ons. Ik heb te lang gezocht, te lang gewacht. Vandaag zal Atlantis buigen voor mij."

Met die woorden draaide Kaelen zich om en zette zijn lichaam in beweging. Zijn volgelingen volgden hem zwijgend. Hun ogen strak gericht op de contouren van de stad. De magie van Atlantis leek door het water te pulseren. Het gaf hen de indruk dat ze door de longen van een slapend wezen bewogen. De stilte was bijna oorverdovend. De oceaan hield zijn adem in, wachtend op wat zou komen.

Toen ze dichterbij kwamen, werd de immense kracht van de stad duidelijker. De ruïnes waren imposant. Zelfs na duizenden jaren van erosie en verval. Torens staken omhoog uit de zeebodem. Hun randen bedekt met koraal en algen. Maar de symmetrie en grootsheid ervan waren nog steeds zichtbaar. De pilaren van oude tempels lagen verspreid over de grond, bedekt met inscripties en runen die nooit volledig waren begrepen. Dit was geen gewone stad. Dit was het centrum van een beschaving die ver vooruit was op alles wat de wereld ooit had gekend.

Kaelen's ogen flitsten langs de inscripties terwijl hij dichterbij kwam. Hij had jaren besteed aan het bestuderen van de oude teksten. Aan het ontcijferen van de geheimen van Atlantis. Hij had de zwakke plekken van de verdedigingsmechanismen van de stad in kaart gebracht en nu... Nu was het moment om die kennis in praktijk te brengen.

"Hier," fluisterde hij, terwijl hij een smalle doorgang tussen twee vervallen pilaren aanwees. "Dit is de ingang naar de binnenste ring van Atlantis."

Laon knikte en maakte een gebaar naar de anderen om hen te volgen. Ze bewogen snel, stil, als schimmen door het donkere water. Het voelde alsof de stad hen observeerde. Als een slapend wezen dat langzaam ontwaakte en hun aanwezigheid registreerde. Kaelen's hart bonkte in zijn borst, niet uit angst, maar uit opwinding. Hij had altijd geweten dat het zou komen tot dit moment. Atlantis was meer dan een stad; het was een levend organisme. Hij was degene die het nu zou beheersen.

Maar terwijl ze dieper de stad binnengingen, voelde hij iets veranderen. De stromingen rondom hen werden onregelmatig. De magie van Atlantis begon te reageren op hun aanwezigheid. Een diepe, onzichtbare kracht kroop door het water. Het voelde haast of de stad hen begon af te wijzen. Kaelen vertraagde zijn bewegingen, zijn ogen scanden de omgeving.

"Meester," fluisterde Laon opnieuw, deze keer met een toon van aarzeling in zijn stem. "Er is iets niet in orde. De verdedigingen... ze voelen sterker aan dan we dachten."

Kaelen stopte en liet zijn blik rusten op een oude muur vol met inscripties. De Atlantische technologie waar hij zoveel over had gelezen, was inderdaad meer dan alleen een verouderd verdedigingssysteem. Het was verbonden met de stad zelf. Met de energie van de oceaan. "Het is precies zoals ik dacht," mompelde hij. "De stad is zelf het wapen."

Laon keek hem verbaasd aan. "Wat bedoel je?"

Kaelen's ogen schitterden. "De magie van Atlantis is niet enkel een verdedigingssysteem dat we kunnen omzeilen. Het is een levend, ademend krachtveld. Maar het heeft geen bewustzijn. Het reageert enkel op intenties. Als we het kunnen begrijpen, kunnen we het sturen."

"Maar hoe?" vroeg Laon, zijn stem vol twijfel. "Hoe kunnen we zoiets krachtigs beheersen?"

Kaelen glimlachte opnieuw, deze keer met een zelfverzekerde kilte. "Door het te onderwerpen," zei hij. "Net zoals elke machtige entiteit, kan ook deze kracht gebogen worden naar de wil van degene die haar begrijpt. Atlantis is niets meer dan een slapende reus. We moeten haar alleen leren ontwaken... op onze voorwaarden."

Zijn woorden klonken vastberaden, maar er was een deel van hem dat voelde dat hij zichzelf overschatte. De magie van Atlantis was geen simpele krachtbron. Geen machine die hij kon manipuleren. Het was oud, krachtig. Vooral onvoorspelbaar. Maar Kaelen was altijd iemand geweest die risico's nam. Hij had de macht van Atlantis in zijn vizier. Niets zou hem ervan weerhouden om die macht te verkrijgen.

Terwijl ze verder de stad in bewogen, begon de kracht van de verdedigingsmechanismen intenser te worden. De stromingen werden sterker, duwden hen in onverwachte richtingen. De stad probeerde hen actief buiten te houden. Maar Kaelen gaf niet toe. Hij gebaarde zijn mannen om door te gaan. Zich een weg te banen door de onzichtbare barrières die Atlantis omhulden.

Op een gegeven moment, terwijl ze zich door een smalle doorgang tussen twee tempels persten, voelde Kaelen een schok door zijn lichaam trekken. Het was geen fysieke pijn, maar een soort energetische trilling die door zijn zenuwen schoot. Hij hapte naar adem, zijn ogen wijd open, terwijl hij om zich heen keek.

"Wat was dat?" vroeg Laon, zijn stem klonk gespannen.

Kaelen antwoordde niet meteen. Hij voelde de energie opnieuw, deze keer sterker. Het was alsof de stad zelf tegen hem sprak, waarschuwde, maar hij weigerde te luisteren. Hij was te dichtbij om nu op te geven. "De stad verzet zich," zei hij eindelijk. "Ze probeert ons buiten te houden."

"Wat doen we nu?" vroeg een andere volgeling, zichtbaar onrustig.

"Kunnen we doorgaan?"

Kaelen's ogen fonkelden met vastberadenheid. "We hebben geen keuze," zei hij. "Atlantis verzet zich omdat ze weet wat er op het spel staat. Maar dat betekent alleen dat we op de goede weg zijn. We moeten verder gaan."

Zijn volgelingen keken elkaar aan. De aarzeling was zichtbaar in hun blikken, maar ze volgden hun leider zonder protest. Ze wisten dat Kaelen geen genade zou tonen aan degenen die zwichtten voor angst. Hij had hun trouw gekocht met de belofte van macht. Nu konden ze niet meer terug.

Terwijl ze dieper in de stad kwamen, begonnen de verdedigingsmechanismen zich op onverklaarbare manieren te manifesteren. De stromingen om hen heen raasden met een wildheid die hen bijna tegen de rotsen sloeg. Het water voelde zwaarder, de oceaan zelf hield hen tegen. En toen, zonder waarschuwing, begonnen de oude runen op de muren van de tempels te gloeien. Een blauwachtig licht, vreemd en onaards, straalde door het water en verlichtte de duisternis.

Kaelen keek gefascineerd naar de lichten. "Dit is het," fluisterde hij. "De sleutel tot de macht van Atlantis."

Maar voordat hij verder kon gaan, voelde hij opnieuw die trilling, deze keer veel sterker. De stad daagde hem uit. Ze waarschuwde hem dat hij te ver was gegaan. Kaelen hapte naar adem, zijn lichaam verstijfde terwijl de energie door hem heen sneed.

"Meester!" riep Laon, zijn stem klonk nu paniekerig. "Wat gebeurt er?"

Kaelen voelde de kracht van Atlantis, maar deze keer was het geen uitnodiging. Het was een waarschuwing, een bedreiging. Hij was te ver gegaan. De stad had besloten dat het tijd was om terug te vechten.

2.5: *Arion's kracht*

De druk van de diepte woog zwaar op Arion's borst. De oceaan had zich veranderd in een bijna ondoordringbare massa. Een sluier die niet alleen het licht blokkeerde, maar ook de adem van de aarde leek in te houden. Arion voelde het. Zijn lichaam, dat zich langzaam maar zeker had aangepast aan het leven onder water, was sterk en wendbaar. Maar er was meer. Diep vanbinnen, in zijn aderen, in de energie die door hem heen stroomde, voelde hij een kracht die hij nog maar nauwelijks durfde te erkennen.

Hij zwom in de richting van de verzonken ruïnes, waar de Wachters zich hadden verzameld om de aanval van Het Genootschap af te weren. De spanning in het water was bijna tastbaar. Elk van zijn bewegingen voelde beladen met een betekenis die hij nog niet helemaal kon begrijpen. De stad Atlantis, die zo lang in stilte had gelegen, leek nu te ontwaken. Maar de adem van de oceaan waarschuwde hem. Dit zou geen eenvoudige strijd worden.

Toen hij de Wachters bereikte, zag hij Kira en Seraphina bij elkaar staan. Hun gezichten waren gespannen. Hun ogen gericht op de horizon waar het gevaar op de loer lag. De troepen van Het Genootschap hadden al een van de verdedigingslinies doorbroken. Het voelde alsof de aanval elk moment volledig zou losbarsten.

"Arion, je bent hier!" Seraphina draaide zich om, haar zilveren ogen flikkerden in het schemerlicht van de diepte. Ze zwom naar hem toe, haar bewegingen sierlijk, maar ook beladen met de haast van iemand die wist dat de tijd opraakte. "Het Genootschap komt dichterbij. We hebben alle kracht nodig die we kunnen verzamelen."

Arion knikte, maar zijn gedachten waren elders. Hij voelde de kracht van de zee in zijn lichaam gieren. De stromingen maakten zich klaar voor iets groots. Hij had de controle over deze kracht nog niet volledig begrepen. Hij wist dat hij iets unieks bezat. Hij wist dat de zee naar hem luisterde. Niet op de manier waarop de magie van Atlantis functioneerde, maar op een veel directere, primitievere manier. Het was geen gecontroleerde kracht, maar een ruwe, oerachtige macht die hij nog nooit eerder had ervaren.

"Ik kan iets doen," zei Arion, terwijl hij zijn blik op Seraphina richtte. "Ik voel het, Seraphina. De zee... ze wil ons helpen. Ze luistert naar me."

Seraphina fronste haar wenkbrauwen. Een mengeling van nieuwsgierigheid en verwarring gleed over haar gezicht. "De zee? Je bedoelt de magie van Atlantis?"

Arion schudde zijn hoofd. "Nee, niet de magie. Dit is anders. Het komt rechtstreeks van de oceaan zelf. Ik weet niet hoe, maar ik kan haar kracht voelen. En ik denk dat ik haar kan oproepen om ons te helpen."

Kira, die op een afstand had staan luisteren, kwam dichterbij. "Wat bedoel je, Arion? Hoe kan de zee luisteren?"

"Ik weet het niet precies," gaf Arion toe. Zijn stem zakte bijna naar een fluistertoon. "Maar ik voel de kracht in me. De stromingen, de golven... ze volgen me. Ik denk dat ik ze kan leiden, misschien zelfs gebruiken om Het Genootschap tegen te houden."

Seraphina keek naar hem, haar ogen gevuld met twijfel maar ook hoop. Ze was altijd voorzichtig geweest met krachten die ze niet volledig begreep, maar de situatie was nijpend. Het Genootschap stond op het punt om diep in Atlantis door te breken. Elke mogelijke verdediging was welkom. "Als jij denkt dat je het kunt," zei ze uiteindelijk, "dan moet je het proberen."

Arion knikte, vastberaden. Hij voelde hoe het water om hem heen begon te pulseren. De zee wachtte op zijn bevel. De krachten die hij had gevoeld, waren nu sterker dan ooit tevoren. De oceaan leek zijn adem in te houden. Ze stond op het punt zich te ontketenen. Arion stak zijn handen uit en concentreerde zich op de stromingen om hem heen.

"Kom," fluisterde hij, zijn stem drong door het water als een bevel. "Help ons."

En toen gebeurde het. Het water om hem heen begon te gloeien, een subtiele vibratie trok door de zee. De stromingen kwamen in beweging. Eerst langzaam, maar al snel raasden ze door de ruïnes met een woeste kracht. Arion voelde hoe de energie van de oceaan zich door zijn lichaam boorde, als elektriciteit die door zijn aderen stroomde. Hij kneep zijn ogen dicht en concentreerde zich harder, leidde de kracht van de zee naar de rand van de stad waar Het Genootschap bezig was met zijn aanval.

De stromingen draaiden en wervelden om hem heen. De oceaan gaf gehoor aan zijn oproep. Arion voelde de kracht toenemen. De zee reageerde op zijn wil. De golven trokken zich terug. Een massieve stroom van water verzamelde zich in de diepten, klaar om zich over de vijanden te storten.

"Arion, wat doe je?" riep Seraphina, haar stem klonk scherp door het kolkende water. Ze kon de intensiteit van de krachten voelen die hij had opgeroepen. Het was duidelijk dat ze zich zorgen maakte.

"Ik kan het," fluisterde Arion, meer tegen zichzelf dan tegen haar. "Ik kan ze stoppen."

De zee reageerde met een brullend geluid. De diepten zelf kwamen tot leven. Een gigantische golf van water, donker en dreigend, rees op uit de oceaanbodem en stortte zich richting de aanvallers van Het Genootschap. Kaelen's troepen, die zich al diep in de stad hadden bewogen, hadden geen tijd om te reageren. De golf sloeg met verwoestende kracht over hen heen, wierp hen door de ruïnes, verbrijzelde oude pilaren en sleurde alles wat op zijn pad kwam mee in zijn kolkende woede.

Arion kon de kracht voelen, elke puls die door het water stroomde. Hij leidde de stromingen met zijn geest. Stuurde ze richting de vijand en zag hoe de soldaten van Het Genootschap geen schijn van kans hadden. De zee gehoorzaamde hem. Gehoorzaamde zijn wil. Voor een moment voelde hij zich onoverwinnelijk.

Maar toen voelde hij iets veranderen.

De golven die hij had opgeroepen, werden wilder, onvoorspelbaarder. Ze gehoorzaamden hem niet meer volledig. De zee had haar eigen wil gevonden. Begon eigen koers te volgen. Arion voelde hoe de controle door zijn vingers glipte. De kracht die hij had opgeroepen begon zich tegen hem te keren.

"Arion!" riep Kira, haar stem klonk paniekerig door de chaos van water en stromingen. "Je verliest de controle!"

Arion kneep zijn ogen dicht en probeerde de krachten terug te trekken, maar het was te laat. De zee had zijn bevel opgevolgd, maar nu weigerde ze terug te keren naar de rust. De golven begonnen zich te verspreiden, raasden door de ruïnes van Atlantis en dreigden niet alleen de vijanden, maar ook de stad zelf te vernietigen. Oude structuren begonnen te beven. De energie die door de stad stroomde, reageerde op de chaos die hij had ontketend.

"Stop het, Arion!" riep Seraphina, terwijl ze door de woeste stromingen naar hem toe zwom. "Je vernietigt Atlantis!"

Arion voelde paniek door zijn lichaam schieten. De kracht die eerst zo majestueus en behulpzaam leek, was nu een oncontroleerbare vloedgolf geworden. Hij probeerde opnieuw de controle terug te krijgen, maar het was alsof de zee hem niet meer hoorde, of ze was ontwaakt en nu haar eigen koers volgde.

De golven sloegen tegen de oude tempels van Poseidon, pilaren stortten in. Het water kolkte in een woeste dans van vernietiging. Arion voelde zijn kracht wegglippen. De zee wees hem af. Zijn ademhaling versnelde, zijn hart bonkte in zijn borst. Wat had hij gedaan? De kracht van de zee was te groot voor hem om te beheersen.

"Ik kan het niet stoppen!" schreeuwde hij, terwijl hij worstelde om de energie terug te dringen.

Seraphina bereikte hem, haar ogen vol met angst en vastberadenheid. "Arion, je moet loslaten!" riep ze. "Je kunt dit niet beheersen. Laat het gaan!"

Arion schudde zijn hoofd, zijn handen waren verstijfd. Zijn geest worstelde tegen de oncontroleerbare krachten van de oceaan. "Ik... ik kan niet! De zee luistert niet meer!"

Seraphina pakte zijn schouders vast en schudde hem, haar ogen fel. "Laat het gaan, Arion! De zee volgt haar eigen weg. Je kunt haar niet beheersen."

De woorden drongen langzaam tot hem door. De zee was nooit bedoeld om beheerst te worden. Ze was een entiteit op zichzelf. Een kracht die te groot was voor één persoon om te leiden. Arion voelde de waarheid van haar woorden en begon langzaam de controle los te laten. Zijn ademhaling kalmeerde. En hij voelde de krachten van de zee zich terugtrekken.

De golven, die eerst met onstuitbare kracht door de ruïnes raasden, begonnen te bedaren. De stromingen kalmeerden. Het water werd weer stil. Arion voelde zijn lichaam verslappen. De immense energie die door hem heen had gestroomd, verdween langzaam. De zee had haar besluit genomen om terug te keren naar haar oorspronkelijke, stille staat.

Seraphina keek hem aan, haar blik vermengd met zowel opluchting als bezorgdheid. "Je hebt het bijna vernietigd," zei ze zachtjes.

Arion knikte, zijn stem was schor toen hij antwoordde. "Ik dacht... ik dacht dat ik de zee kon beheersen. Maar ze is te groot, te krachtig."

"De zee is een bondgenoot, maar geen slaaf," zei Seraphina, terwijl ze haar hand op zijn schouder legde. "We moeten haar respecteren. Je hebt een groot geschenk, Arion. Maar je moet leren wanneer je het moet gebruiken. Wanneer je het moet loslaten."

Arion haalde diep adem. Het zoutige water vulde zijn longen en bracht een gevoel van kalmte terug in zijn lichaam. "Ik begrijp het nu," fluisterde hij. "Ik zal haar nooit meer dwingen."

Hoofdstuk 3: De ontmaskering

Het diepste geheim van Het Genootschap was eindelijk binnen handbereik. Maar het gevoel dat hen tot dat moment had gedreven, was meer dan enkel de dorst naar macht. Terwijl de koude, zoute diepten van de oceaan hen omhulden, stonden de Wachters van Atlantis op het punt iets te ontdekken dat hun begrip van de wereld zou veranderen. De waarheid, diep verborgen in de oude technologieën van Atlantis, was meer dan Kaelen of zijn volgelingen ooit hadden durven hopen.

Kaelen, de leider van Het Genootschap, had altijd geweten dat Atlantis meer herbergde dan enkel machtige artefacten. Maar zelfs hij had de volle omvang van de geheimen van de verloren stad niet kunnen bevatten. Terwijl hij verder in de ruïnes doordrong, werd hij niet alleen geconfronteerd met de mystieke verdedigingssystemen van de stad, maar ook met de diepe filosofieën en ethische kennis die Atlantis had bewaard. Deze geheimen raakten aan iets groters dan macht. Ze vormden de sleutel tot een transformatie die de toekomst van de mensheid zou bepalen.

De stad zong voor hen, een eeuwige melodie van energie die door de oude, vervallen pilaren raasde. De stromingen veranderden in iets ongrijpbaars. Een etherische aanwezigheid die door de ruïnes gleed, fluisterend in de oren van degenen die gevoelig genoeg waren om haar te horen. Voor Kaelen was deze aanwezigheid meer dan slechts de kracht van Atlantis. Het was het bewijs van een veel grotere macht. Een kracht die niet alleen de oceaan en de stad zelf beheerste, maar de kern van het menselijk bestaan.

Terwijl hij door de oude straten van de verzonken stad zwom, vergezeld door zijn meest loyale volgelingen, merkte Kaelen dat zijn verlangen naar macht werd overschaduwd door iets dat dieper in hem knaagde: een nieuwsgierigheid naar wat er echt achter de geheimen van Atlantis schuilging. Wat ze werkelijk probeerden te vinden, ging verder dan wat ze oorspronkelijk hadden gedacht.

Aan de rand van de stad, in de beschermende muren van hun laatste verdedigingslinie, verzamelden de Wachters zich. Orion, Seraphina, Kira en Arion stonden klaar, elk in stilte nadenkend over de dreiging die hen te wachten stond. Ze voelden de aanwezigheid van Het Genootschap, maar wat hen het meest verontrustte, was de plotselinge stilte die de oceaan leek te omhullen. Het water, dat altijd vol leven en beweging was geweest, leek nu stil en dreigend. Het was alsof de zee zelf waarschuwde voor wat komen zou.

"We hebben het onderschat," fluisterde Orion terwijl hij zijn blik op de verte richtte, waar de schaduwen van Het Genootschap langzaam dichterbij kwamen. "Dit gaat niet alleen om macht. Er is iets diepers gaande."

Seraphina knikte, haar zilveren schubben glinsterden in het schaarse licht van de oceaan. "De stad spreekt tot hen," zei ze zachtjes. "Net zoals ze tot ons spreekt. Maar ze begrijpen het niet. Ze denken dat ze de controle kunnen nemen over iets dat veel groter is dan zijzelf."

Arion stond naast hen, zijn hand rustte op de oude inscripties die in de stenen van de muur waren gekerfd. "Wat zoeken ze dan?" vroeg hij, zijn stem klonk gespannen. "Wat kan er groter zijn dan de macht van Atlantis?"

"Het is niet alleen macht," antwoordde Kira. Ze stond een paar passen verderop, haar ogen gefocust op de ruïnes voor hen. "Ze willen de kennis van Atlantis, maar ze begrijpen niet dat die kennis verantwoordelijkheid met zich meebrengt. Ze denken dat ze het kunnen gebruiken voor hun eigen doelen, maar als ze doorgaan zoals ze nu doen, zullen ze niet alleen Atlantis vernietigen, maar ook zichzelf." Orion keek naar Kira, zijn blik was doordrenkt met begrip. "Precies," zei hij. "De filosofieën van Atlantis, de wijsheid die hier is opgeslagen, is niet bedoeld voor één persoon of een enkele organisatie. Het is bedoeld om de balans te bewaren, om de natuurlijke orde van de wereld te beschermen. Maar Het Genootschap ziet dat niet. Ze willen die wijsheid gebruiken om de wereld te veranderen naar hun eigen visie."

Kira knikte langzaam. "We moeten ze stoppen voordat ze te ver gaan. Als ze de geheimen van Atlantis vinden en proberen te gebruiken zonder de juiste kennis, zou het wel eens de ondergang van alles kunnen betekenen."

De dreiging van Het Genootschap, die eerst enkel als een zoektocht naar macht leek, had zich nu onthuld als iets dat veel groter was. Ze waren op zoek naar de diepere geheimen van Atlantis, naar de filosofieën en ethische kennis die de stad had bewaakt. Maar hun benadering was gevaarlijk. Kaelen, verblind door zijn ambitie en honger naar controle, zou niet terugdeinzen om die kennis te gebruiken om de wereld te herscheppen volgens zijn eigen wil.

Terwijl ze zich voorbereidden op de komende confrontatie, kon Kira de aanwezigheid van Het Genootschap voelen naderen. Het was een koude, kille aanwezigheid, anders dan de energie van Atlantis zelf. Waar de stad hen omhulde met een gevoel van veiligheid en verbondenheid, voelde de kracht die Het Genootschap met zich meebracht leeg, verwoestend, alsof het enkel nam en niets teruggaf. Het water voelde zwaarder aan, alsof het zich klaarmaakte voor een strijd die veel verder ging dan enkel fysieke kracht.

"Ze zijn dichtbij," zei Seraphina zachtjes, terwijl ze zich omdraaide en haar blik op de verte richtte. "De stad waarschuwt ons. Ze zullen niet stoppen voordat ze vinden wat ze zoeken."

"Maar wat zoeken ze precies?" vroeg Arion, zijn stem klonk gespannen. "We weten dat ze de macht van Atlantis willen, maar wat is hun einddoel? Wat willen ze werkelijk bereiken?"

Orion zweeg een moment, zijn ogen rustten op de oude ruïnes die hen omringden. "Ik denk dat ze de wereld willen herscheppen," zei hij uiteindelijk. "Maar niet zoals wij zouden doen. Ze willen de wereld vormen naar hun eigen beeld, een wereld waarin ze de ultieme macht hebben, zonder verantwoording af te leggen aan iets of iemand."

"Ze willen niet alleen Atlantis beheersen," voegde Kira toe. "Ze willen alles beheersen. Ze denken dat als ze de geheimen van de stad vinden, ze de wereld kunnen herscheppen zoals zij dat willen."

Seraphina keek hen aan, haar blik was somber. "Maar dat kunnen we niet laten gebeuren," zei ze vastberaden. "Atlantis is niet zomaar een bron van macht. Het is een symbool van balans, van harmonie tussen de natuur en de mensheid. Als ze dat vernietigen, zou de wereld nooit meer hetzelfde zijn."

De Wachters stonden voor een morele en filosofische uitdaging die veel verder ging dan ze zich hadden gerealiseerd. Het Genootschap zocht niet alleen de oude krachten van Atlantis om hun eigen macht te vergroten, maar wilde de fundamenten van de wereld zelf veranderen. Ze wilden de oude wijsheid van de stad gebruiken om de wereld naar hun hand te zetten, zonder de verantwoordelijkheid die daarbij hoorde. En in hun blinde ambitie zouden ze niet stoppen totdat ze alles hadden vernietigd wat Atlantis had opgebouwd.

"Het gaat hier niet alleen om Atlantis," zei Orion, terwijl hij zich omdraaide en de anderen aankeek. "Het gaat om de toekomst van de wereld. Als Het Genootschap de macht van Atlantis in handen krijgt, zou dat het einde kunnen betekenen van alles waar we voor staan."

"Ze moeten gestopt worden," zei Kira, haar stem was vastberaden. "We kunnen niet toestaan dat ze de kennis van Atlantis gebruiken zonder de wijsheid die daarbij hoort."

Seraphina knikte. "We hebben geen keuze. We moeten vechten voor wat juist is."

De lucht leek zwaarder te worden. Het water om hen heen voelde geladen, alsof de oceaan zich klaarmaakte voor de komende confrontatie. Het Genootschap kwam dichterbij, maar nu wisten de Wachters wat hun vijanden werkelijk zochten. Het was niet alleen macht. Het was de controle over het lot van de wereld zelf.

Orion voelde de verantwoordelijkheid op zijn schouders drukken, maar hij wist dat hij niet alleen was. Samen met Kira, Seraphina en Arion zou hij alles doen wat nodig was om te voorkomen dat Het Genootschap hun doel bereikte. De strijd die voor hen lag, zou niet alleen fysiek zijn, maar ook moreel. Het was een gevecht om de ziel van Atlantis, en om de toekomst van de wereld.

"Ze mogen niet winnen," zei Arion, zijn blik fel. "Wat er ook gebeurt, we moeten ze tegenhouden."

"En dat zullen we doen," zei Orion vastberaden. "Atlantis zal zich niet laten overmeesteren door hen die niet begrijpen wat het betekent om de wereld in balans te houden."

Met die woorden draaide hij zich om naar de diepten van de oceaan, waar de schaduwen van Het Genootschap zich al begonnen te vormen. De tijd van vrede was voorbij. De tijd van strijd was aangebroken.

3.1: Kira's inzicht

Het diepblauwe water omhulde Kira terwijl ze in stilte door de ruïnes van Atlantis zwom. De eens zo machtige stad lag vredig in de diepten van de oceaan. Maar de rust die Atlantis uitstraalde, voelde misleidend. De stad ademde een eeuwenoude energie uit. Een kracht die zich door de wateren verspreidde en resoneerde met haar ziel. Kira had altijd geweten dat Atlantis meer was dan een verzameling stenen en vergeten technologieën. Maar vandaag, meer dan ooit, voelde ze de waarheid die diep onder het oppervlak sluimerde. En met die waarheid kwam het besef dat de strijd tegen Het Genootschap veel groter was dan ze had gedacht.

Ze bewoog zich met soepele, gecontroleerde slagen door de verwoeste straten van Atlantis, terwijl haar gedachten onrustig waren. De confrontaties met Het Genootschap hadden haar al weken op scherp gezet. Elke stap die ze zetten. Elke aanval die ze lanceerden, bracht hen dichter bij de geheimen van de stad. Maar het waren niet alleen de technologieën en machtige artefacten die hun honger aanwakkerden. Er was iets anders, iets dat Het Genootschap op een diepere manier dreef. En nu begon Kira te beseffen wat dat was.

Terwijl ze langs een oude tempel gleed, voelde ze de kracht van Atlantis door de inscripties in de stenen vloeien. De symbolen, eeuwen geleden gegraveerd door de Atlantische meesters, leken licht te geven in het water. Ze wilden haar iets vertellen. Ze hield stil, zwevend voor de ingang van de tempel. Ze liet haar vingers zachtjes over de ingekerfde symbolen glijden. De energie die door haar heen trok, was zacht maar aanwezig. De stad vertelde haar dat ze de juiste vragen begon te stellen.

Kira sloot haar ogen en concentreerde zich. Ze had geleerd dat de magie van Atlantis niet zomaar een wapen was; het was een gids, een manier om de diepere mysteries van de wereld te begrijpen. Ze ademde diep in, het zoute water vulde haar longen zonder enige moeite. En terwijl ze zich liet meevoeren door de vibraties van de tempel, voelde ze een helder inzicht in haar geest opdoemen.

"Ze willen meer dan alleen macht," fluisterde ze tegen zichzelf, haar stem klonk zacht door het water.

Een plotselinge herinnering schoot door haar heen: een gesprek dat ze eerder had gevoerd met Orion, een van de oudste Wachters van Atlantis. Hij had haar gewaarschuwd voor de macht van kennis. "Technologie kan vernietigen," had hij gezegd, "maar kennis kan een ziel veranderen. De geheimen van Atlantis bevatten wijsheid die de wereld zou kunnen herscheppen. Maar alleen als die wijsheid goed wordt gebruikt."

Kira opende haar ogen, haar blik vastberaden. Het Genootschap zocht niet alleen de technologische krachten van Atlantis. Nee, hun doel was veel dieper. Ze zochten naar de filosofieën. De ethische kennis die door de eeuwen heen in de stad was bewaard. De tempels, de inscripties, de oude geschriften. Die waren de sleutel tot iets dat verder ging dan macht. Het Genootschap wilde de wereld veranderen. Niet alleen fysiek, maar ook moreel. Ze wilden niet alleen overleven; ze wilden de wereld vormen naar hun eigen visie. Zonder rekening te houden met de balans die Atlantis altijd had bewaakt.

Met een snelle beweging duwde Kira zich weg van de tempel en zwom ze in de richting van de verzamelplaats van de Wachters. De tijd van twijfel was voorbij. Ze moest dit inzicht delen met de anderen. Hen waarschuwen dat Het Genootschap meer wist dan ze hadden gedacht. Terwijl ze door de oude straten zwom, voelde ze de energie van de stad sterker worden. De magie van Atlantis reageerde op haar, als een oude bondgenoot die wakker werd uit een diepe slaap. Het water rondom haar leek te vibreren, als een waarschuwend fluisteren dat door de diepten raasde.

De andere Wachters stonden al klaar toen Kira aankwam. Orion, Seraphina en Arion keken op toen ze haar zagen naderen. Hun blikken vermengd met spanning en nieuwsgierigheid. Ze voelden allemaal dat er iets belangrijks stond te gebeuren.

"Kira," zei Orion, zijn stem was diep en bezorgd. "Je ziet eruit alsof je iets belangrijks hebt ontdekt."

Kira kwam tot stilstand voor de groep en ademde diep in. Ze keek hen een voor een aan. Haar blik vastberaden. "Het gaat niet alleen om de macht van Atlantis," begon ze, haar stem kalm maar doordrenkt van de urgentie die ze voelde. "Het Genootschap zoekt naar meer dan alleen technologie. Ze zijn op zoek naar de kennis die hier verborgen ligt. Naar de filosofieën en ethische lessen die de stad bevat."

Seraphina fronste haar wenkbrauwen, haar zilveren ogen vernauwden terwijl ze nadacht over Kira's woorden. "De filosofieën?" herhaalde ze langzaam. "Wat bedoel je?"

Kira zweeg even voordat ze verder ging. "Ik voelde het in de tempel," legde ze uit. "De kracht die door Atlantis stroomt, is meer dan een wapen. Het is kennis. Atlantis heeft een manier ontwikkeld om de wereld in balans te houden. Niet alleen met technologie, maar met wijsheid. Het Genootschap denkt dat ze die wijsheid kunnen gebruiken om de wereld te herscheppen volgens hun eigen wil."

Arion stapte dichterbij, zijn jonge gezicht was gespannen. "Dus ze willen niet alleen de macht van Atlantis gebruiken... ze willen de wereld veranderen?"

Kira knikte langzaam. "Ja. Ze denken dat ze, door de filosofieën van Atlantis te begrijpen, de wereld kunnen hervormen naar hun visie. Maar ze begrijpen niet dat die kennis gevaarlijk is in de verkeerde handen. Atlantis hield altijd een delicate balans in stand tussen macht en verantwoordelijkheid. Als ze die balans verstoren, kan dat catastrofale gevolgen hebben."

Orion zweeg, zijn ogen waren donker en vol met zorgen. "Dat verklaart waarom ze zo vastberaden zijn," zei hij uiteindelijk. "Ze zoeken naar iets dat groter is dan wij dachten. Ze willen niet alleen macht... ze willen absolute controle over de wereld. Ze denken dat de geheimen van Atlantis hen die controle kunnen geven."

"Maar ze begrijpen het niet," voegde Seraphina eraan toe, haar stem vol frustratie. "Ze denken dat ze die kennis kunnen gebruiken zonder de gevolgen te begrijpen. Als ze doorgaan zoals ze nu doen, zullen ze alles vernietigen wat Atlantis heeft opgebouwd."

Kira knikte. "Precies. En dat is waarom we ze moeten stoppen. We moeten ze verhinderen om de diepere geheimen van de stad te ontdekken, voordat ze iets loslaten wat ze niet kunnen beheersen."

Orion keek haar aan, zijn ogen gevuld met zowel bewondering als zorgen. "Dit verandert alles," zei hij langzaam. "We dachten dat we een strijd voerden om de macht van Atlantis te beschermen. Maar het gaat om veel meer dan dat. We vechten nu voor de ziel van de wereld zelf."

De stilte die volgde was beladen met de waarheid van zijn woorden. De Wachters, die al zo lang de stad hadden beschermd tegen bedreigingen van buitenaf, stonden nu voor een grotere uitdaging dan ze ooit hadden gedacht. Het ging niet langer alleen om het behoud van hun macht of hun stad. Het ging om het beschermen van de morele kern van wat Atlantis vertegenwoordigde.

Kira voelde de druk op haar schouders toenemen. Maar er was ook een vreemd gevoel van opluchting. Ze begreep nu wat hun vijanden echt wilden. Dat gaf haar een nieuwe focus. Het was alsof de mist die haar gedachten had vertroebeld, was opgetrokken. Ze kon nu helder zien wat haar te doen stond.

"We moeten snel handelen," zei Arion, zijn stem trilde van de spanning. "Als ze de kennis van Atlantis vinden, kunnen we te laat zijn."

Kira knikte en draaide zich naar Seraphina. "Jij voelt de stromingen van de zee sterker dan wie dan ook. Kun je voelen waar ze zich op richten?"

Seraphina sloot haar ogen en liet haar zintuigen door het water stromen. Het was alsof ze de adem van de oceaan zelf kon horen, fluisterend in haar oren. "Ze zijn dichtbij," zei ze uiteindelijk, haar stem klonk gespannen. "Ik voel hun aanwezigheid. Ze hebben al enkele oude tempels doorzocht. Ze zoeken naar de kern van de stad, waar de meest waardevolle geheimen worden bewaard."

"Dan moeten we ze stoppen voordat ze daar komen," zei Orion, zijn stem vastbesloten. "We moeten elke toegang tot die geheimen beschermen, koste wat kost."

De Wachters keken elkaar aan, hun blikken waren vastberaden. Ze hadden altijd geweten dat hun taak zwaar zou zijn. Maar nu werd het duidelijk dat de strijd om Atlantis veel verder ging dan ze ooit hadden gedacht. De wereld boven de golven was afhankelijk van hun vermogen om de balans te bewaren. Om de geheimen van Atlantis te beschermen tegen degenen die hen zouden misbruiken.

"We zullen hen niet laten winnen," zei Kira, haar ogen brandden van vastberadenheid. "De filosofieën van Atlantis zijn niet bedoeld voor degenen die alleen macht zoeken. Ze zijn bedoeld om de wereld te beschermen. Om de balans in stand te houden. En dat is precies wat we gaan doen."

Seraphina knikte, terwijl ze de energie van de oceaan door zich heen voelde stromen. "Laten we dit afmaken," zei ze zachtjes, maar haar stem trilde van kracht. "Atlantis heeft ons nodig. De wereld heeft Atlantis nodig."

Orion glimlachte zwak en legde zijn hand op Kira's schouder. "Je hebt goed werk geleverd, Kira," zei hij zacht. "Je inzicht heeft ons een kans gegeven. Laten we ervoor zorgen dat we die kans niet verspillen."

Kira voelde een golf van kracht door haar heen stromen terwijl ze haar blik op de verre horizon richtte, waar de schaduwen van Het Genootschap langzaam dichterbij kwamen. De tijd van vragen en twijfels was voorbij. Nu was het tijd om te vechten voor wat juist was. Voor de waarheid en de balans van Atlantis.

"Voor Atlantis," fluisterde ze zachtjes, terwijl ze haar handen door het water strekte en zich klaarmaakte voor wat komen zou. De strijd om de ziel van de wereld was begonnen.

3.2: Orion's herinneringen

De oceaan zweeg. Er was een stilte die de diepten vulde. Zelfs de zee hield haar adem in, in afwachting van wat komen zou. Orion dreef langzaam door het koude water. Zijn blik rustte op de ruïnes van Atlantis die als verlaten wachters in de duisternis stonden. Zijn hart voelde zwaar aan. Niet alleen door de dreiging van Het Genootschap. Maar door de last van de geschiedenis die hij met zich meedroeg.

De stad was nu stil, maar ooit had ze gebruist, vol leven. De straten die nu verlaten en stil waren, hadden ooit gedreund onder de voeten van duizenden Atlantiërs. Een volk dat leefde in een balans die de wereld nooit eerder had gezien. De technologieën die ze gebruikten, waren niet bedoeld voor vernietiging, maar voor het onderhouden van die delicate balans. Maar nu... nu voelde het alsof die balans opnieuw bedreigd werd. En Orion wist dat, als ze niet snel handelden, het einde van Atlantis misschien niet het laatste zou zijn.

Hij sloot zijn ogen. De herinneringen die hij diep in zijn geest had opgesloten, begonnen langzaam naar de oppervlakte te drijven. Beelden van andere tijden. Van andere beschavingen die net als Atlantis hadden gedacht dat hun macht onoverwinnelijk was. Maar elke beschaving, hoe groot ook, had een zwakke plek. En die zwakte was vaak niet fysiek, maar filosofisch. Een morele blindheid voor de gevaren van onbeperkte macht.

Orion dacht terug aan de val van Lemurië, een beschaving die vele millennia geleden net zo groot was als Atlantis. Lemurië had haar krachten niet uit de zee gehaald, maar uit de aarde zelf. Hun kennis van de wereld onder hun voeten was ongeëvenaard. Ze hadden een cultuur opgebouwd waarin wijsheid en macht hand in hand gingen. Maar op een dag waren ze verleid door een soortgelijke honger als die nu door Het Genootschap werd gedreven. Ze wilden niet alleen hun eigen wereld beschermen. Ze wilden de hele wereld herscheppen naar hun beeld.

Hij herinnerde zich de dag dat het gebeurde. De dag dat hij het bericht kreeg dat Lemurië was gevallen. Het was als een echo door de geschiedenis: een machtige beschaving, gevallen door haar eigen ambitie. De aarde had gereageerd op hun ongebreidelde honger naar controle. In plaats van de wereld te buigen naar hun wil, waren zij zelf gebroken. Lemurië was in één nacht verdwenen. Opgeslokt door de krachten die ze probeerden te beheersen. En de overlevenden... er waren er niet veel meer. Sommigen hadden de zee bereikt, zoals Orion, maar velen waren verloren gegaan in het stof van de geschiedenis.

De zee waarschuwt ons. Het voelde alsof diezelfde kracht, diezelfde dreiging nu in de lucht hing. Het Genootschap wist misschien niet wat ze werkelijk zochten. Maar hun daden zouden een golf van vernietiging ontketenen die de wereld opnieuw zou kunnen veranderen. En dit keer zou de val niet beperkt blijven tot een enkele beschaving. Atlantis had altijd gefunctioneerd als een baken van stabiliteit. Een anker voor de balans van de wereld. Als die balans nu verstoord werd, zou dat de hele aarde raken.

Orion keek naar zijn handen, ruw van de tijd die hij had doorgebracht in dienst van de Wachters van Atlantis. Hij had zoveel gezien, zoveel meegemaakt. Maar nu, op dit moment, voelde hij zich even kwetsbaar als toen hij voor het eerst de oceaan in dook, de krachten van Atlantis ontdekte en zichzelf leerde te vertrouwen. Hoeveel eeuwen waren er sindsdien verstreken? Hoe vaak had hij gedacht dat hij alles had geleerd wat er te leren viel?

De waarheid was dat de wereld altijd in beweging was. De geschiedenis herhaalde zich vaak. Lemurië, Atlantis, zelfs de beschavingen die hij voor die tijd had gekend, ze waren allemaal gevallen in dezelfde valkuil. De illusie dat ze de macht die ze bezaten konden gebruiken zonder verantwoordelijkheid af te leggen. En nu, met Het Genootschap zo dichtbij, voelde Orion dezelfde dreiging opdoemen. Hij wist wat er zou gebeuren als ze hun doel bereikten. De wereld zou opnieuw worden opgeslokt door de chaos, net zoals het eerder was gebeurd.

Hij moest de anderen waarschuwen. Hij moest ervoor zorgen dat ze begrepen wat er op het spel stond.

Met een krachtige beweging zwom Orion verder de diepte in. Weg van de verlaten tempels van Atlantis, in de richting van de verzamelplaats van de Wachters. Seraphina en Kira wachtten op hem, hun gezichten vol spanning en vastberadenheid. Ze voelden de dreiging ook, maar ze wisten nog niet wat hij wist.

Toen hij hen bereikte, hield hij even stil. De zware last van zijn herinneringen drukte op zijn schouders. Kira keek hem aan, haar ogen vol vragen. "Wat is er, Orion?" vroeg ze zacht. "Je ziet eruit alsof je een zware last met je meedraagt."

Orion haalde diep adem, zijn blik gericht op de oceaan om hen heen. "Het is niet alleen de macht van Atlantis waar we tegen vechten," begon hij. "Het is meer dan dat. Wat Het Genootschap probeert te doen, is niet nieuw. Dit is eerder gebeurd, vele keren."

Seraphina keek hem aan, haar ogen vernauwden. "Wat bedoel je?"

Orion zweeg even voordat hij verderging. "Lemurië," zei hij langzaam. "Ken je de verhalen over hun val?"

Kira knikte. "Ik heb de oude geschriften gelezen. Lemurië was een machtige beschaving die zichzelf vernietigde door hun honger naar controle over de aarde."

"Precies," antwoordde Orion. "Maar het was niet alleen hun honger naar macht die hen vernietigde. Het was hun onvermogen om de verantwoordelijkheid te dragen die bij die macht hoorde. Ze dachten dat ze de krachten van de aarde konden beheersen zonder de consequenties te begrijpen. En toen ze te ver gingen, reageerde de aarde. Ze werden verzwolgen, net zoals wij nu worden bedreigd door Het Genootschap."

Seraphina fronste haar wenkbrauwen. "Denk je dat Het Genootschap hetzelfde probeert te doen? Dat ze de krachten van Atlantis willen beheersen zonder te begrijpen wat ze in handen hebben?"

Orion knikte, zijn ogen donker van zorgen. "Ja. Ze denken dat ze de wijsheid en technologie van Atlantis kunnen gebruiken om de wereld te veranderen. Maar ze begrijpen niet dat Atlantis altijd draaide om balans. Zonder die balans... zal de kracht die ze zoeken hen vernietigen, net zoals het Lemurië vernietigde."

Kira keek naar de ruïnes van Atlantis die hen omringden. Haar ogen glinsterden in het schemerige licht van de diepte. "Dus je denkt dat de geschiedenis zich herhaalt?" vroeg ze zacht.

Orion keek haar aan, zijn blik doordrenkt van een eeuwenoude wijsheid. "Ik weet het zeker. En als we ze niet stoppen, zal de wereld opnieuw lijden onder de gevolgen van hun ambities."

Er viel een stilte over de groep, terwijl ze nadachten over de omvang van wat hij had gezegd. De dreiging die Het Genootschap vormde, ging veel verder dan ze oorspronkelijk hadden gedacht. Het was niet alleen een strijd om de macht van Atlantis; het was een strijd om de toekomst van de wereld.

Kira haalde diep adem, haar stem klonk vastberaden toen ze sprak. "Wat moeten we doen?"

Orion keek haar aan, zijn blik zacht maar vastberaden. "We moeten alles doen wat in onze macht ligt om te voorkomen dat Het Genootschap toegang krijgt tot de diepere geheimen van Atlantis. Ze kunnen de technologieën vinden, dat kunnen we misschien niet tegenhouden. Maar de wijsheid... de filosofieën van Atlantis... die mogen nooit in hun handen vallen. Als dat gebeurt, zullen ze de balans vernietigen. De wereld zal nooit meer hetzelfde zijn."

Seraphina knikte langzaam, terwijl ze de waarheid van zijn woorden inzag. "We moeten ze stoppen voordat ze de kern van de stad bereiken. Daar worden de diepste geheimen bewaard."

Orion zweeg even, terwijl hij naar de horizon staarde, waar de schaduwen van Het Genootschap langzaam dichterbij kwamen. "Ik hoop dat we op tijd zijn," zei hij zachtjes. "Ik hoop dat we kunnen voorkomen dat de geschiedenis zich herhaalt."

Maar diep vanbinnen wist hij dat de toekomst onvoorspelbaar was. De geschiedenis was een leermeester die zelden werd gehoorzaamd. De krachten die ze nu tegenover zich hadden, waren net zo vastberaden als de oude beschavingen die waren gevallen. Het enige wat ze nu konden doen, was vechten met alles wat ze hadden. Hopen dat hun inspanningen genoeg zouden zijn om de wereld te redden van dezelfde val die zoveel anderen hadden meegemaakt.

Orion keek naar de ruïnes van Atlantis. De stad die hij had gezworen te beschermen. De stad die zo lang in stilte had bestaan, zou nu opnieuw het toneel zijn van een strijd om de toekomst van de wereld. Maar deze keer zou hij niet toestaan dat de geschiedenis zich herhaalde. Deze keer zouden ze vechten voor meer dan alleen hun eigen overleving. Ze zouden vechten voor de balans die Atlantis altijd had gewaarborgd. Voor de wereld die deze balans zo hard nodig had.

"Het is tijd,"

"Het is tijd," zei hij, terwijl hij zich omdraaide naar de anderen. "We moeten ons voorbereiden. De strijd om Atlantis is begonnen."

De zee leek te reageren op zijn woorden, de stromingen werden heviger, als een bevestiging van de waarheid die hij zojuist had uitgesproken. Het water om hen heen leek in beweging te komen, alsof zelfs de oceaan zich klaarmaakte voor wat komen zou.

Orion zwom weg van de Wachters, zijn geest gevuld met herinneringen aan oude beschavingen. Aan de val van Lemurië en aan de waarschuwingen die hij door de jaren heen had verzameld. De toekomst was onzeker, maar één ding wist hij zeker: als ze niet snel handelden, zou de wereld opnieuw worden overspoeld door de golven van vernietiging.

3.3: Seraphina's offer

Het zoute water van de oceaan omhulde Seraphina terwijl ze door de diepte van Atlantis zweefde. De stilte was diep en zwaar. De zee zelf waarschuwde voor wat komen zou. Ze had altijd een sterke verbinding gevoeld met de oceaan. Een kracht die door haar heen stroomde en haar naar de juiste keuzes leidde. Maar vandaag voelde het anders. De druk van de diepte om haar heen was niet alleen fysiek, het was ook emotioneel. Het voelde of ze op een kruispunt stond en de keuze die ze zou maken, de loop van de geschiedenis zou veranderen.

Seraphina zwom langzaam langs de oude, vervallen pilaren van Atlantis, haar vingers lieten een zachte trilling achter op de stenen. De inscripties, die al duizenden jaren in het gesteente gegrift stonden, vertelden verhalen van een verloren beschaving. Van wijsheid en macht die met zorg waren beheerd. Ze hadden de verantwoordelijkheid om deze geheimen te beschermen. Om te zorgen dat ze niet in verkeerde handen vielen. Maar naarmate de dreiging van Het Genootschap toenam, begon Seraphina te twijfelen. Ze vroeg zich af of de geheimen van Atlantis, die al zo lang beschermd werden, niet juist moesten worden gedeeld.

Ze ademde diep in, het water voelde koel en kalmerend. Maar ondanks de rust van de oceaan, voelde ze een storm in haar hart. Het was een innerlijke strijd. Een conflict tussen wat haar was geleerd en wat ze nu zelf begon te geloven. De oude Wachters hadden altijd volgehouden dat de wijsheid van Atlantis beschermd moest blijven. Dat alleen zij, de uitverkorenen, de geheimen van de stad konden begrijpen en bewaren. Maar was dat nog steeds waar? En was het juist om deze wijsheid aan de wereld te onthouden?

Ze had de evolutie van de zeemeerminnen door de eeuwen heen meegemaakt. Hun krachten waren in de loop van de tijd gegroeid. Net zoals hun verantwoordelijkheid. De oceaan was niet alleen hun thuis. Het was hun leven. Hun bron van kracht. Maar nu, terwijl Het Genootschap dichterbij kwam, begon Seraphina te twijfelen of het nog langer juist was om de geheimen van Atlantis te beschermen zoals ze altijd hadden gedaan.

Haar gedachten gingen terug naar de ontmoetingen met Orion en Kira. Beiden waren ervan overtuigd dat de geheimen van Atlantis in handen van Het Genootschap een ramp zouden veroorzaken. En misschien hadden ze gelijk. Het was duidelijk dat Kaelen en zijn volgelingen de macht van Atlantis wilden gebruiken om de wereld naar hun beeld te vormen. Maar wat als er een andere weg was? Wat als het delen van de kennis van Atlantis, het verspreiden van de wijsheid en ethiek, een betere toekomst kon creëren? Wat als de balans waar ze zo hard voor hadden gevochten, eigenlijk pas echt kon worden bereikt door anderen toe te laten in die wereld? Seraphina bleef even stilstaan. Haar hand rustte op een oude zuil die half was ingestort. Ze voelde de energie van de stad door haar lichaam stromen. Een eeuwenoude kracht die haar altijd had geleid. Maar die kracht voelde nu anders aan. De stad zelf spoorde haar aan om een nieuwe weg in te slaan. Ze ademde diep in. Haar borst voelde zwaar onder het gewicht van de beslissing die ze moest nemen.

De woorden van haar voorgangers klonken nog in haar hoofd: *"Bescherm de geheimen. Houd ze veilig. De wereld is nog niet klaar."* Maar was dat waar? Was de wereld echt niet klaar voor de kennis die Atlantis had? Of hielden ze die kennis verborgen uit angst voor verandering. Uit angst voor wat er zou kunnen gebeuren als de controle over die kennis verloren ging?

De zee waarschuwt ons, dacht ze. Maar niet op de manier zoals ze altijd had gedacht. De waarschuwing die ze voelde, was niet die van dreiging van buitenaf, maar een innerlijke waarschuwing dat hun benadering misschien fout was. De geheimen die ze zo wanhopig hadden beschermd, hadden hen ook in een gevangenis van hun eigen overtuigingen geplaatst. De wereld was in de loop van duizenden jaren veranderd. Misschien was het tijd dat zij dat ook deden.

Plotseling werd haar rust verstoord door het verschijnen van Arion. Hij zwom snel naar haar toe, zijn gezicht vol zorgen. "Seraphina," riep hij, terwijl hij zich naast haar positioneerde. "We hebben geen tijd meer. Het Genootschap is dichterbij dan ooit, ze breken door onze verdedigingslinies."

Seraphina knikte langzaam, haar blik nog steeds op de oude inscripties gericht. "Ik weet het, Arion," zei ze zachtjes, haar stem klonk kalm maar er lag een diepe bezorgdheid in verscholen. "Maar ik begin me af te vragen of we de juiste kant van de strijd kiezen."

Arion keek haar verbaasd aan. "Wat bedoel je? Het is duidelijk dat we Het Genootschap moeten tegenhouden. Als zij de macht van Atlantis in handen krijgen, zal de wereld in chaos storten."

"Dat weet ik," antwoordde Seraphina. "Maar wat als... wat als we de kennis van Atlantis niet langer hoeven te verbergen? Wat als het delen van die kennis juist de balans kan herstellen die we zo lang hebben geprobeerd te behouden?"

Arion's ogen vernauwden. "Dat kunnen we niet doen. Die kennis is te gevaarlijk. Kijk naar wat er is gebeurd met Lemurië. Ze probeerden de krachten van de aarde te beheersen zonder de wijsheid om dat te doen. Hun beschaving werd vernietigd. Hetzelfde kan gebeuren als we de geheimen van Atlantis zomaar delen."

"Misschien," gaf Seraphina toe, terwijl ze zich omdraaide om hem aan te kijken. "Maar misschien ook niet. De wereld is veranderd sinds de val van Lemurië. Mensen zijn veranderd. De vraag is of wij dat ook durven."

Arion schudde zijn hoofd, zijn gezicht stond strak van de spanning. "Dit is niet het moment om te twijfelen, Seraphina. We moeten handelen. Het Genootschap wacht niet. Als we hen de kans geven, zullen ze alles vernietigen waar we voor hebben gevochten."

Seraphina zweeg, haar gedachten draaiden rond in een spiraal van onzekerheid. Ze wist dat Arion gelijk had. Het Genootschap kon niet zomaar de geheimen van Atlantis in handen krijgen. Hun bedoelingen waren te duister. Hun honger naar macht te groot. Maar diep vanbinnen bleef de vraag knagen: zou het delen van de kennis echt zo gevaarlijk zijn? Of hielden ze iets verborgen dat de wereld ten goede zou kunnen veranderen?

Ze draaide zich om naar Arion, haar blik was vastberaden. "Ik weet niet zeker of we de geheimen moeten blijven beschermen zoals we altijd hebben gedaan. Maar ik weet één ding: we kunnen niet toestaan dat Het Genootschap ze gebruikt voor hun eigen doelen. Als we de wereld echt willen beschermen, moeten we een manier vinden om de kennis van Atlantis op de juiste manier te delen, zonder dat ze in verkeerde handen valt."

Arion keek haar aan, zijn ogen vol verwarring en frustratie. "En hoe stel je voor dat we dat doen? Hoe kunnen we bepalen wie waardig is om die kennis te ontvangen?"

Seraphina glimlachte zwak. "Dat weet ik nog niet. Maar ik weet dat we iets moeten veranderen. De wereld kan niet langer in onwetendheid blijven. Maar ze kan ook niet verteerd worden door hebzucht. We moeten een manier vinden om de balans te bewaren, zonder de macht te misbruiken."

Arion zuchtte, terwijl hij zijn blik weer op de verte richtte, waar de duistere schaduwen van Het Genootschap al naderden. "Ik hoop dat je gelijk hebt, Seraphina. Maar nu moeten we vechten. Dat is alles wat we nu kunnen doen."

Ze knikte, maar terwijl ze zich voorbereidde op de strijd die zou komen, voelde ze een dieper besef in haar hart. Het ging niet alleen om de komende strijd. Niet alleen om het tegenhouden van Het Genootschap. Het ging om de toekomst van Atlantis. Om de toekomst van de wereld. En misschien, dacht ze, was het tijd dat ze een offer bracht. Een offer dat niet alleen de geheimen van Atlantis beschermde, maar ook een nieuw pad creëerde voor de wereld boven de golven.

De zee om hen heen voelde zwaar en geladen. De oceaan wist wat er zou komen. Seraphina voelde dat ook. Maar wat ze nu ook deed, welke keuze ze ook maakte, het zou een offer vragen. Misschien moest ze de oude overtuigingen van de Wachters loslaten. Misschien moest ze bereid zijn om een sprong in het onbekende te wagen. Om de wereld te vertrouwen met de geheimen van Atlantis.

Seraphina voelde de kracht van de oceaan door haar aderen stromen. Een kracht die haar altijd had beschermd en geleid. Maar nu, meer dan ooit, voelde ze dat het haar tijd was om die kracht te gebruiken voor iets groters. Het was haar tijd om te beslissen wat de toekomst zou brengen. Niet alleen voor Atlantis, maar voor de hele wereld.

3.4: Kaelen's openbaring

De wateren rond de vergane stad Atlantis gonsden van energie. De druk van de oceaan voelde als een waarschuwende hand op Kaelen's schouders terwijl hij met stevige, doelgerichte slagen door de verlaten straten zwom. Hij voelde de immense kracht van de stad om hem heen. Een kracht die eeuwenlang had gesluimerd onder het oppervlak. Hij had geweten dat Atlantis meer was dan slechts een legende. Meer dan een verloren beschaving. De geheimen die hier verborgen lagen, waren het antwoord op de vragen waar de mensheid sinds het begin der tijden mee worstelde.

En hij zou ze onthullen.

Het Genootschap had altijd geweten dat Atlantis de sleutel was. Terwijl de wereld boven de golven zich blindelings richting haar eigen ondergang bewoog, hadden ze gezocht naar manieren om de rampen te voorkomen die onvermijdelijk leken. Het verlies van natuur, de oneindige oorlogen, de verwoestende krachten van de aarde. Allemaal tekenen van een wereld uit balans. Kaelen geloofde met heel zijn wezen dat de mensheid op de rand van een existentiële crisis stond. Maar Atlantis bood een uitweg, een oplossing.

Zijn hand gleed over de ruwe stenen van een oude muur terwijl hij verder zwom. In zijn ogen was er geen angst, geen twijfel. Wat hij voelde was een vastberadenheid die hem verder dreef dan wat zijn volgelingen zouden begrijpen. Hij wilde de wereld niet vernietigen. Nee, hij wilde haar redden.

Kaelen kwam aan bij de verzonken tempel die ooit het hart van Atlantis had gevormd. Hij stopte voor de grote deuren, die bedekt waren met inscripties en symbolen die de oude Atlantische wijsheid vertegenwoordigden. De runen lichtten op met een zacht, mystiek blauw licht. De stad zelf maakte zich op voor zijn komst. Dit was het moment waar hij zijn hele leven op had gewacht.

Hij plaatste zijn hand op de deur en voelde een warme gloed door zijn vingers stromen. De symbolen pulsten, reageerden op zijn aanwezigheid. Langzaam begonnen de massieve deuren open te schuiven. Het geluid van de bewegende stenen was diep en echoënde door de omliggende ruïnes, als het ontwaken van een slapende reus.

Kaelen stapte naar binnen en werd meteen getroffen door de intensiteit van de energie in de tempel. Het was alsof de stad zelf een hartslag had. Een ritme dat zich door de eeuwen heen had gehandhaafd. In het centrum van de ruimte, boven een glinsterende pool van water, hing een enorme metalen schijf, het Zegel van Okeanos. Het straalde een intens licht uit dat de hele kamer vulde met een etherisch blauwe gloed.

Kaelen staarde naar de schijf, zijn ogen gevuld met ontzag. Dit was het, de sleutel tot alles. Hierin lag niet alleen de macht van Atlantis, maar ook de kennis die de wereld zou kunnen redden. Hij ademde diep in en stapte dichterbij. Zijn handen trilden lichtjes toen hij ze uitstak naar het Zegel, maar hij stopte net voor hij het aanraakte. Dit was geen eenvoudige krachtbron; het was een symbool van iets veel groters.

De leden van Het Genootschap, die met hem naar binnen waren gekomen, stonden in een halve cirkel achter hem. Hun ogen waren gefixeerd op het Zegel, maar ze wachtten op Kaelen's woorden. Ze waren hem gevolgd omdat ze geloofden in zijn visie. Ze geloofden dat Atlantis de oplossing was voor de problemen van de moderne wereld. Maar wat ze niet volledig begrepen, was dat Kaelen verder keek dan dat. Voor hem was dit geen kwestie van macht. Het was een kwestie van evolutie.

"Het lijkt misschien of we hier zijn om de macht van Atlantis te herwinnen," begon Kaelen, terwijl hij zich omdraaide naar zijn volgelingen. Zijn stem klonk rustig, maar doordrongen van een diepere waarheid. "Maar dat is niet waarom we hier zijn. De wereld boven water staat op het punt zichzelf te vernietigen. Niet door gebrek aan macht, maar door gebrek aan wijsheid. De geheimen van Atlantis gaan niet alleen over technologie en krachten die we niet begrijpen. Het gaat om iets veel diepers."

De ogen van zijn volgelingen waren gefixeerd op hem. Hun ademhaling was stil. Ze wisten dat hij op het punt stond iets enorms te onthullen.

"Atlantis was ooit zoals wij," vervolgde hij, zijn blik vol vuur. "Een beschaving die op het punt stond haar eigen ondergang te bewerkstelligen door haar macht zonder wijsheid te gebruiken. Maar ze hebben iets ontdekt. Iets dat hen heeft gered. De mensen van Atlantis waren de eersten die begrepen dat de wereld niet alleen overleeft door brute kracht of technologie, maar door evolutie. En die evolutie, die kennis, ligt hier begraven."

Kaelen draaide zich weer om naar het Zegel. Zijn hand nog steeds uitgestrekt maar nu zelfverzekerder dan voorheen. "Dit is niet zomaar een artefact. Dit is een baken, een sleutel tot de volgende fase van de mensheid. We staan aan de vooravond van een nieuwe evolutie. Een waarin de wereld zichzelf opnieuw zal vormen. Maar dit keer met wijsheid. Met kennis. Het Genootschap wil Atlantis niet vernietigen; we willen het gebruiken om de wereld te redden van zichzelf."

Een van zijn volgelingen, een man genaamd Tyros, stapte naar voren, zijn stem vol twijfel. "Maar Kaelen, de Wachters geloven dat deze kennis gevaarlijk is. Ze zeggen dat het niet in de handen van gewone mensen mag vallen. Dat we niet klaar zijn voor wat Atlantis heeft verborgen."

Kaelen draaide zich langzaam om, zijn ogen vastberaden. "De Wachters willen deze kennis voor zichzelf houden omdat ze bang zijn. Ze willen de wereld in het donker houden. Omdat ze denken dat alleen zij de balans kunnen bewaren. Maar dat is hun grootste fout. De wereld boven de zee verandert sneller dan ooit. Die balans waar zij zo wanhopig aan vasthouden, is al lang verloren. Wij zijn hier om die balans te herstellen. Niet door Atlantis te vernietigen, maar door het te gebruiken."

Zijn woorden leken als golven door de ruimte te rollen. Hun kracht raakte elke aanwezige in de kern van hun wezen. De waarheid in Kaelen's woorden was onmiskenbaar. Langzaam begon de twijfel in hun ogen te verdwijnen. In plaats daarvan was er iets anders: begrip en een diepe, vurige overtuiging.

"Atlantis," vervolgde Kaelen, terwijl hij weer naar het Zegel keek, "is de sleutel tot de volgende fase van de mensheid. Als we deze kennis gebruiken. Als we deze wijsheid delen, kunnen we voorkomen dat de wereld boven ons dezelfde fouten maakt als Atlantis ooit deed. Wij zullen de evolutie van de mensheid leiden. Met die evolutie zullen we de wereld redden van de ondergang."

Zijn volgelingen, nu volledig overtuigd van zijn visie, knikten instemmend. Ze wisten wat hen te doen stond. Kaelen had hen de weg gewezen. Nu moesten ze ervoor zorgen dat die weg werd bewandeld.

Kaelen stapte dichter naar het Zegel van Okeanos en legde voorzichtig zijn hand op de metalen schijf. Een stroom van energie schoot door zijn lichaam. Voor een moment voelde hij zich verbonden met iets dat veel groter was dan hijzelf. De energie van Atlantis raasde door zijn aderen. Vulde zijn geest met visioenen van een toekomst die hij altijd voor zich had gezien.

Op dat moment wist hij het zeker. Dit was hun lot. Het Genootschap was nooit bedoeld om vernietiging te brengen. Ze waren bedoeld om de evolutie van de mensheid te leiden naar een betere toekomst. Een toekomst waarin de wijsheid van Atlantis de wereld zou redden van haar eigen fouten.

Hij draaide zich om naar zijn volgelingen, zijn ogen glanzend van de energie die hij zojuist had gevoeld. "Dit," zei hij zacht maar krachtig, "is onze toekomst. En met deze kennis zullen we de wereld herscheppen zoals ze bedoeld was."

De leden van Het Genootschap keken naar hem, hun ogen vol vertrouwen en vastberadenheid. Ze wisten wat hen te doen stond. Het Zegel van Okeanos zou de wereld niet vernietigen. Het zou haar redden.

Kaelen keek naar de oceaan om hem heen, zijn hart was vol vuur en hoop. Het Genootschap zou slagen. En de wereld zou gered worden door de wijsheid van Atlantis.

3.5: Arion's transformatie

De diepte van de oceaan voelde anders dan voorheen. Waar het water ooit een grens was geweest, een natuurlijke beperking die zijn lichaam moest trotseren, voelde Arion nu geen weerstand meer. Hij gleed moeiteloos door de donkere diepten. Zijn omgeving leek met elke beweging van zijn lichaam te veranderen. De oceaan, die eens zo onbegrijpelijk en onvoorspelbaar was, ontvouwde zich nu voor hem als een open boek. Zijn ogen zagen verder dan ooit tevoren. Zijn zintuigen voelden de kleinste trillingen in het water en zijn lichaam had zich volledig aangepast aan zijn nieuwe vorm.

Hij was nu een van hen. Een zeemeerman.

Zijn transformatie, die zich eerst langzaam had voltrokken, was nu compleet. Zijn benen, die ooit het symbool waren geweest van zijn menselijke verleden, waren samengesmolten tot een krachtige staart die hem door het water voortdreef met een snelheid en behendigheid die hij zich nooit had kunnen voorstellen. Zijn longen, die ooit met moeite het zuurstofarme water hadden getolereerd, werkten nu in harmonie met zijn omgeving. Het water voeden zijn lichaam als lucht. Hij was niet langer een mens die worstelde om te overleven in de diepte. Hij was een wezen van de zee geworden.

Arion kwam tot stilstand. Zijn lichaam zweefde in de kalme stromingen van een diepe oceaanvallei. Om hem heen glinsterden de ruïnes van Atlantis, stil en statig, zoals ze al duizenden jaren waren. Maar nu, met zijn nieuwe zintuigen, kon hij iets diepers voelen. Iets dat hij eerder nooit had opgemerkt. De energie van de stad, die ooit ongrijpbaar en mystiek leek, was nu helder en duidelijk. Het stroomde door de muren van de oude gebouwen. Door de pilaren en over de straten. Als een pulserende levensader die nog steeds door Atlantis liep. Hij liet zijn hand over de ruwe stenen van een oude zuil glijden en voelde de kracht van de stad in zijn vingertoppen. Het was geen eenvoudige magie. Geen krachtbron zoals de Wachters het altijd hadden genoemd. Nee, dit was anders. De zee zelf was doordrenkt met de essentie van Atlantis. De stad had een symbiose gevormd met de oceaan. En nu hij een wezen van de zee was geworden, kon Arion deze connectie voelen, deze kracht begrijpen.

Zijn ogen sloten zich voor een moment. Hij liet zijn geest zich openen voor de diepte. Hij voelde de trillingen van het water. De subtiele bewegingen van het leven dat door de oceaan trok. Maar daaronder was er iets anders. Iets diepers. Iets ouds en wijs. Een kennis die niet alleen afkomstig was van Atlantis, maar van de zee zelf. De oceaan sprak tot hem. Fluisterde geheimen die nog nooit eerder door een mens waren gehoord. Hij voelde hoe de golven niet alleen door de wateren van Atlantis rolden, maar hoe ze door de hele wereld stroomden. Hoe de zeeën met elkaar verbonden waren, als een netwerk van leven en energie dat de aarde in balans hield.

Hij opende zijn ogen en keek om zich heen. Hij zag de oceaan nu echt, niet als een vijandige omgeving, maar als een levend, ademend wezen. En met die realisatie kwam een diepe, overweldigende waarheid: de strijd die ze voerden, ging verder dan Atlantis alleen. Het ging om de hele wereld.

Atlantis was een sleutel geweest. Een baken van kennis en macht. Maar het was slechts een deel van een veel groter geheel. De zeeën waren de echte kracht van de wereld. Ze brachten leven, hielden de planeet in balans en beschermden haar tegen de chaos van de buitenwereld. Als Atlantis viel, als Het Genootschap erin slaagde de geheimen van de stad te bemachtigen en die te gebruiken voor hun eigen gewin, zou de balans van de wereld zelf worden verstoord.

Arion voelde de verantwoordelijkheid zwaar op zijn schouders drukken. Hij had altijd gedacht dat zijn rol beperkt was tot het beschermen van de stad. Tot het behouden van de geheimen van Atlantis. Maar nu zag hij het grotere plaatje. Hij was niet alleen een beschermer van een oude beschaving. Hij was een beschermer van de oceaan, van de wereld zelf.

Zijn gedachten werden onderbroken door een plotselinge beweging in het water. Hij draaide zich om en zag Kira naar hem toe zwemmen. Haar ogen glanzend van spanning en urgentie. "Arion," riep ze, terwijl ze dichterbij kwam. "We hebben je nodig. Het Genootschap is dichtbij, ze proberen door onze laatste linies te breken."

Arion knikte en zwom snel naar haar toe. "Ik weet het," zei hij, zijn stem klonk nu dieper, gedragen door de kracht van de oceaan. "Maar het gaat niet alleen om Atlantis, Kira. Deze strijd is groter dan dat. Het gaat om de balans van de hele wereld."

Kira keek hem aan, haar ogen verraden haar verwarring. "Wat bedoel je? We vechten om te voorkomen dat ze de geheimen van Atlantis in handen krijgen. Wat kan er groter zijn dan dat?"

Arion zweeg even, terwijl hij nadacht over hoe hij het haar moest uitleggen. "De zee," begon hij langzaam. "Ik begrijp het nu. De zee is de bron van alles. Ze houdt de wereld in balans. Ze verbindt alle continenten, alle levensvormen. Wat we hier doen, gaat niet alleen over Atlantis. Het gaat over de toekomst van de hele wereld."

Kira keek hem lang aan, haar blik diep en nadenkend. "Dus je denkt dat als Het Genootschap slaagt, de hele wereld uit balans raakt?"

Arion knikte. "Ja. En als dat gebeurt, zullen de gevolgen niet alleen beperkt blijven tot Atlantis. Het zal de hele planeet treffen. De zeeën, de rivieren, de regen, alles is verbonden. Het water dat de aarde bedekt, is de levensader van de planeet. Als die balans wordt verstoord, zal het leven op de wereld zelf veranderen."

Kira zweeg, de realiteit van zijn woorden drong langzaam tot haar door. "Wat moeten we doen?" vroeg ze uiteindelijk, haar stem zacht en serieus.

"We moeten voorkomen dat Het Genootschap de geheimen van Atlantis gebruikt om de balans van de wereld te verstoren. Maar we moeten ook begrijpen dat onze taak verder gaat dan alleen deze stad beschermen. We moeten de oceaan zelf beschermen."

Ze knikte langzaam. "Dan moeten we snel handelen. Ze zijn al dichtbij."

Arion zwom naast haar, zijn lichaam bewoog soepel door het water, krachtiger dan ooit tevoren. Hij voelde de energie van de oceaan in zich stromen. Zijn nieuwe kracht gaf hem een dieper begrip van wat hij moest doen. Dit was niet zomaar een strijd om een oude stad. Dit was een strijd om de ziel van de wereld zelf. En hij wist dat hij klaar was voor wat zou komen.

Ze zwommen samen naar de oppervlakte van de stad, waar de strijd zich al aan het ontvouwen was. De Wachters hadden zich verzameld. Aan de horizon zagen ze de schaduwen van Het Genootschap naderen. Maar dit keer voelde Arion geen angst, geen twijfel. Hij voelde de kracht van de oceaan om zich heen. Hij wist dat hij de kracht had om de balans te bewaren.

"Ze komen," fluisterde Kira naast hem, terwijl ze haar ogen op de naderende vijanden hield.

Arion knikte, zijn ogen brandden met een nieuwgevonden vastberadenheid. "Laat ze komen," zei hij zacht maar krachtig. "De oceaan waakt over ons."

En met die woorden wist hij dat de strijd die voor hen lag niet alleen een strijd om de stad was, maar om de toekomst van de wereld. Zijn transformatie was niet alleen fysiek geweest, het was een ontwaken. En nu was hij klaar om zijn rol te vervullen. Niet alleen als een beschermer van Atlantis, maar als een beschermer van de hele oceaan.

Hoofdstuk 4: De keuze

Het water om de verborgen stad van Atlantis zinderde met een diepe, onzichtbare energie. De zee, die altijd een rustige beschermer was geweest van de onderwaterstad, leek nu te ademen met een gevoel van dreiging en onheil. Een dreiging die niet alleen kwam vanuit de diepten van de oceaan, maar ook vanuit het hart van Atlantis zelf. De Wachters, al duizenden jaren de bewakers van de geheimen van hun verloren beschaving, stonden nu voor een onmogelijke keuze. Alles wat ze hadden beschermd, alle kennis, alle macht en alle geheimen van Atlantis, hingen in de balans.

De Wachters, die tot nu toe in de schaduwen hadden geleefd, hadden altijd gehoopt dat hun rol nooit volledig aan het licht zou komen. Hun doel was simpel: de wereld beschermen tegen de macht van Atlantis. Een macht die niet in verkeerde handen mocht vallen. Maar nu, met de opkomst van Het Genootschap, dat steeds dichterbij kwam en vastbesloten was de geheimen te bemachtigen, moesten ze beslissen of ze zich open zouden stellen en delen wat ze wisten, of deze schat van kennis voor altijd verborgen zouden houden.

Lyra, een afstammeling van de originele Wachters, voelde het gewicht van deze keuze zwaar op haar schouders. Haar hart klopte luid in haar borst terwijl ze naar de kolkende zee keek, die de stad van Atlantis beschermde tegen de ogen van de buitenwereld. Haar geest was gevuld met vragen die geen eenvoudige antwoorden hadden. Ze dacht aan de mogelijke gevolgen van het delen van de geheimen van Atlantis met de rest van de wereld. Wat als de macht van het oude rijk werd misbruikt? Wat als Het Genootschap erin zou slagen om de kracht van Atlantis voor hun eigen gewin te gebruiken? Maar tegelijkertijd kon ze niet ontkennen dat de wereld misschien niet klaar was om die geheimen te begrijpen. Het evenwicht van de planeet, de subtiele verbinding tussen de mensheid en de zee, was fragieler dan ooit.

Terwijl ze daar stond, verscheurd tussen de loyaliteit aan haar erfgoed en haar verantwoordelijkheidsgevoel naar de toekomst, hoorde ze de zachte beweging van het water achter haar. Kallias, de oudste van de Wachters, stond naast haar, zijn blik strak gericht op de horizon. Zijn gezicht, diep gegroefd door eeuwen van kennis en verantwoordelijkheid, was een en al stilte. De oceaan, zijn eeuwige bondgenoot, zong zachtjes een lied dat alleen hij leek te begrijpen. Zijn stem was zacht toen hij sprak, maar de woorden hadden de kracht van eeuwenoude wijsheid. "Atlantis heeft altijd bestaan om de wereld te beschermen, Lyra. Maar de vraag die we nu onder ogen moeten zien, is of we de wereld moeten beschermen tegen zichzelf."

Zijn woorden brachten geen troost, maar droegen het gewicht van de waarheid. Lyra voelde een koude rilling over haar rug kruipen, alsof de zee zelf door haar bloed stroomde. De vraag die ze zichzelf bleef stellen, was niet alleen of de geheimen van Atlantis zouden moeten worden gedeeld, maar ook wat er zou gebeuren als ze dat niet deden. De wereld stond op het punt van een gevaarlijke transformatie. De aarde had al tekenen van onrust vertoond, met natuurrampen, oorlogen. En een mensheid die steeds dichter bij de afgrond leek te komen. Misschien was het tijd voor een nieuwe richting. Maar wie had het recht om dat te bepalen?

Nerissa, een zeemeermin die steeds meer verbonden was geraakt met de mystieke krachten van de oceaan, zwom in cirkels in de diepte onder hen. De wateren om haar heen pulseerden met een energie die ze steeds moeilijker kon beheersen. Haar lichaam was geëvolueerd, haar krachten waren toegenomen. Ze voelde een diepe band met de oceanen die zich uitstrekten over de hele wereld. Maar nu, met de kracht die ze in zich droeg, voelde ze de verantwoordelijkheid die erbij kwam. Ze had altijd geloofd dat de krachten van Atlantis en de zee voor bescherming bedoeld waren, maar nu voelde ze zich verscheurd.

De gedachte dat de geheimen van Atlantis mogelijk aan de wereld zouden worden onthuld, bracht haar in een diepe innerlijke strijd. Wat als de mensen niet klaar waren voor deze kennis? Wat als de macht, die Atlantis eeuwenlang had begraven in de diepte, verkeerd zou worden begrepen? Nerissa voelde de oproep van de oceaan sterker dan ooit. Ze hoorde de stem van het water, de adem van de zee, die haar waarschuwde dat elke verkeerde stap, elke verkeerde keuze, gevolgen zou hebben die verder zouden reiken dan Atlantis zelf. De toekomst van de wereld hing af van deze enkele keuze.

"Kallias," begon Lyra aarzelend, haar stem zacht en onzeker. "Wat als we de verkeerde keuze maken? Wat als Het Genootschap... als ze de kracht van Atlantis voor iets anders gebruiken? Kunnen we dat risico echt nemen?"

Kallias zweeg een moment, zijn ogen naar het woelige water gericht. De eeuwen van leiding geven aan de Wachters hadden hem geleerd dat er geen gemakkelijke antwoorden waren. "We kunnen het risico niet negeren," antwoordde hij uiteindelijk, "maar we moeten ook erkennen dat de wereld niet meer is zoals vroeger. De geheimen van Atlantis zullen hoe dan ook gevonden worden. Of wij het willen of niet. De vraag is, zijn wij degenen die de verantwoordelijkheid moeten nemen om die kennis te delen? Of moeten we Atlantis voor altijd begraven. Zelfs als dat betekent dat de wereld zichzelf misschien in de afgrond stort?"

Zijn woorden brachten geen opluchting, maar maakten de beslissing die voor hen lag des te zwaarder. Lyra knikte langzaam. De realiteit van hun situatie doordrong haar nu volledig. De toekomst van de mensheid en de oceaan, de wereld en haar evenwicht, alles hing af van hun beslissing. Wat zij nu deden, zou een impact hebben op generaties na hen.

In de diepte onder hen, voelde Nerissa de krachten van de zee zich in haar concentreren. De eeuwenoude energie van Atlantis, verborgen onder lagen ijs en water, werd voelbaar in haar aderen. De zee was niet alleen hun bondgenoot, het was een levend wezen. Een kracht die ze niet volledig kon beheersen, maar die haar nu riep om een besluit te nemen. Ze zwom naar de oppervlakte, haar blik gericht op de Wachters die aan de rand van de stad stonden. Ze wist dat ze een belangrijke rol te spelen had in de keuze die voor hen lag.

"Het is niet alleen onze keuze," zei Nerissa, terwijl ze naast Kallias en Lyra opdook uit het water. "De zee heeft al besloten. De oceaan voelt dat de balans in gevaar is. Als wij Atlantis niet beschermen, zal de zee dat doen. Maar de vraag is of we de mensen de kans moeten geven om hun eigen toekomst te bepalen. Misschien, als ze de geheimen van Atlantis begrijpen, zullen ze leren wat het betekent om verantwoordelijkheid te dragen voor hun eigen wereld."

De woorden van Nerissa brachten een nieuw perspectief naar de discussie. De keuze om de geheimen van Atlantis te delen was niet langer alleen een kwestie van macht en kennis. Het ging nu ook om de verantwoordelijkheid die met die kennis gepaard ging. De wereld stond op het punt een nieuw tijdperk in te gaan. Een tijdperk waarin de balans tussen mens en natuur in gevaar was. De vraag was nu of de mensen klaar waren om die balans te begrijpen. Of ze het aankonden om de verantwoordelijkheid op zich te nemen voor de krachten die hen omringden.

De zee waarschuwde hen. De energie van Atlantis, die eeuwenlang slapend had gelegen, begon zich te roeren. Het was een kracht die zowel een zegen als een vloek kon zijn, afhankelijk van wie het in handen kreeg. Kallias wist dat ze niet eeuwig konden wachten. Het Genootschap kwam steeds dichterbij, vastbesloten om de geheimen van Atlantis te ontrafelen en ze voor hun eigen doelen te gebruiken. De vraag was nu of de Wachters, die al zo lang de poortwachters van deze kennis waren, moesten ingrijpen of de wereld zijn eigen lot moest laten bepalen. Lyra voelde de druk van de verantwoordelijkheid zwaarder op haar drukken dan ooit tevoren. Ze wist dat de beslissing die zij en de andere Wachters zouden nemen, gevolgen zou hebben voor de hele wereld. En in die stilte, terwijl ze naar de kolkende zee keek, wist ze dat de tijd van weifelen voorbij was. Atlantis kon niet langer verborgen blijven, maar hoe die onthulling zou plaatsvinden, lag in hun handen. De keuze was aan hen.

De zee waarschuwde, maar luisterden ze?

4.1: Kira's twijfels

Kira zat aan de rand van de grote lagune, haar voeten bungelend boven het water. De lucht was zwoel, gevuld met de geur van zout en algen die uit de diepte van de zee opstegen. Het water leek kalm. Maar er was iets onheilspellends in de manier waarop de golven traag tegen de rotsen aan klotsten. De zee zelf weerspiegelde haar gemoedstoestand. De stad van Atlantis, die zich onder haar uitstrekte, was een wonder van glinsterende koepels en kristallen pilaren, badend in het gouden licht van de ondergaande zon. Het was een beeld van serene schoonheid, maar diep vanbinnen voelde Kira een knagende onzekerheid.

De zee waarschuwde hen. Niet met woorden, maar met haar stilte, haar ritme. Alles in haar wezen, verbonden met de oceaan, voelde dat er een breekpunt naderde. De diepten van Atlantis, die al duizenden jaren slapend lagen, begonnen zich te roeren. De geheimen die zo lang verborgen waren gebleven, dreigden nu naar de oppervlakte te komen. De vraag die haar wakker hield, was wat ze daarmee moesten doen.

Moesten de geheimen van Atlantis verborgen blijven? Moest de wijsheid, de technologie, de kracht die haar volk generaties lang had bewaard, nog langer in het duister blijven? Of was het tijd om deze kennis te delen met de buitenwereld. In de hoop dat het zou leiden tot een betere toekomst voor de mensheid?

"Wat zit er in je hoofd, Kira?" De stem van Nerissa, die net uit het water naast haar opdoemde, was rustig en vertrouwd. Haar zilverkleurige haren vielen in natte lokken over haar schouders terwijl ze naar Kira keek met ogen die de glinsteringen van het water leken te weerspiegelen. Nerissa was volledig één geworden met de zee. Haar transformatie tot zeemeermin was voltooid. Ze voelde de krachten van de oceaan diep in haar wezen. Maar zelfs zij, met haar nieuwe kracht en wijsheid, worstelde met dezelfde vragen.

Kira zuchtte en staarde naar de horizon. "Ik weet het niet, Nerissa. Ik weet het echt niet. Hoe kan ik kiezen tussen wat goed is voor Atlantis en wat goed is voor de rest van de wereld?"

Nerissa schoof dichter naar haar toe en plaatste een hand op Kira's schouder. "Niemand kan die keuze voor je maken. Het is een last die we allemaal dragen. Maar het voelt alsof jij deze keuze zwaarder op je schouders hebt dan de rest."

Kira knikte, maar ze zei niets. In haar hoofd woedde de storm van gedachten verder. Het was niet de eerste keer dat ze zich deze vragen stelde. Maar nu, met Het Genootschap dat dichterbij kwam, voelde het alsof de tijd begon op te raken. De geheimen van Atlantis waren geen eenvoudige antwoorden op wereldproblemen. Ze bevatten kennis die verder reikte dan welke beschaving dan ook ooit had gekend. De kracht om de loop van de natuur te beïnvloeden. De macht om de zeeën te beheersen, technologie die hele rijken zou kunnen omvormen. Maar diezelfde geheimen hadden ook de potentie om vernietiging te brengen, in verkeerde handen.

"Wat als we het verkeerd doen?" Kira's stem klonk zacht, breekbaar bijna. "Wat als we deze kennis delen en het wordt misbruikt? Wat als het de wereld alleen maar erger maakt? Hoe kunnen we weten wat het juiste is?"

Nerissa keek haar lang aan, haar ogen helder en diep als de oceaan zelf. "De waarheid is dat we dat niet weten. We kunnen nooit zeker zijn. Maar je hebt gelijk. De wereld heeft behoefte aan kennis, aan hulp. De vraag is: kunnen zij ermee omgaan? En kunnen wij het aan als zij het niet kunnen?"

Kira voelde de spanning in haar borst toenemen. Het voelde alsof de oceaan, die normaal gesproken zo vertrouwd en rustgevend was, nu ook een bron van druk werd. De golven waren traag, maar er was een stille kracht in elke beweging van het water. Een kracht die Kira's twijfels weerspiegelde. De zee leek te waarschuwen, maar haar waarschuwing was niet duidelijk. Het was alsof Atlantis zelf niet zeker was van het antwoord op de vraag die haar volk al generaties had tegengehouden om hun geheimen te delen.

Ze sloot haar ogen, in de hoop de stilte in haar hoofd te kunnen vinden die ze zo hard nodig had, maar er was geen stilte. Slechts de echo van de golven en de zachte zuchten van de wind. "Mijn moeder zou het hebben geweten," fluisterde ze, meer tegen zichzelf dan tegen Nerissa. "Zij had nooit getwijfeld."

"Je moeder had haar eigen onzekerheden, Kira," zei Nerissa zacht. "Maar ze heeft haar beslissingen genomen met de wetenschap dat ze de beste intenties had. Dat is alles wat we kunnen doen. Ons best doen met wat we weten."

Maar was dat genoeg? Kira stond op en liep langs de rand van de lagune, haar blote voeten voelden het koude, gladde oppervlak van de stenen onder haar. Elke stap was zwaar, alsof de last van de keuzes die ze moest maken haar fysiek neerdrukte. De lucht hing zwaar boven hen. Zelfs de zon, die normaal gesproken haar gouden licht over de stad wierp, leek zwakker dan voorheen. Het was alsof het hele universum wachtte op de beslissing die voor hen lag.

Ze dacht aan Kallias, de oudste van de Wachters, die al eerder tegen haar had gezegd dat ze moesten overwegen om de geheimen van Atlantis te delen met de rest van de wereld. "De tijd van geheimen houden is voorbij," had hij gezegd. "De wereld is op een punt gekomen waar ze niet langer in onwetendheid kan leven. Maar dat betekent niet dat het zonder risico is."

Kallias' woorden hadden haar sindsdien niet losgelaten. Hij was wijs, dat wist ze, maar zelfs hij leek te worstelen met de potentiële gevolgen. Het delen van de kennis van Atlantis was geen simpele keuze tussen goed en kwaad. Juist omdat ze de uitkomst niet konden voorspellen. Zou deze kennis de wereld redden of vernietigen?

"Als we de geheimen delen," zei Kira plotseling, "is het niet alleen de macht van Atlantis die we vrijgeven. Het is onze verantwoordelijkheid, onze verbondenheid met de wereld. Wat als de mensen die verantwoordelijkheid niet kunnen dragen? Wat als ze onze kennis gebruiken om te vernietigen in plaats van te creëren?"

Nerissa bleef even stil, haar ogen gericht op de diepten van de oceaan. "Dat is de vraag die ons allemaal kwelt, Kira. Maar dat betekent niet dat we niets moeten doen. De wereld verandert, met of zonder ons. Het Genootschap zal niet stoppen, of wij onze geheimen delen of niet. De vraag is niet alleen wat we moeten doen, maar hoe we ervoor zorgen dat die kennis in de juiste handen valt."

Kira wist dat Nerissa gelijk had. De keuze die voor hen lag, ging niet alleen over het delen van kennis. Maar ook over het bewaken ervan. Het Genootschap, die nu dichterbij kwam dan ooit, zou niet rusten voordat ze toegang kregen tot wat Atlantis verborgen hield. Maar als de Wachters het geheim zouden delen, konden ze de controle hebben over hoe het werd gebruikt. Ze zouden de poortwachters blijven, maar op een andere manier. In plaats van alles te verbergen, zouden ze ervoor moeten zorgen dat de wereld klaar was voor wat ze hen te bieden hadden.

"Ik weet niet of ik deze last kan dragen," fluisterde Kira, haar stem bijna verloren in het zachte ruisen van de zee.

Nerissa pakte haar hand en kneep er zachtjes in. "Je hoeft het niet alleen te doen. We zijn hier samen in. En wat de toekomst ook brengt, we zullen een manier vinden om het juiste te doen."

Kira keek haar aan, haar ogen vochtig van emotie, maar ze voelde de kracht van Nerissa's woorden in haar doorwerken. Samen. Ze waren niet alleen. De Wachters, de zeemeerminnen, haar eigen band met de oceaan. Ze waren allemaal verbonden, niet alleen met elkaar, maar met de wereld daarbuiten. De toekomst van Atlantis hing in de balans. Maar misschien was de wereld klaar voor wat kwam. Misschien.

De wind blies zachtjes door hun haren terwijl de zon langzaam verdween achter de horizon. De lucht kleurde rood en oranje, als een voorbode van de keuzes die hen te wachten stonden. Kira voelde de spanning in haar borst langzaam afnemen, maar de vraag bleef hangen.

"De wereld zal altijd keuzes maken," zei Kira uiteindelijk, haar stem vastberaden maar zacht. "Misschien is het tijd dat wij die keuze helpen sturen."

De golven rolden kalm tegen de rotsen en het geluid leek hen te omarmen. Als een bevestiging van wat ze diep van binnen al wist: de tijd van geheimen houden was voorbij.

4.2: Orion's beslissing

Orion stond aan de rand van de enorme oceaan, waar de diepblauwe wateren samensmolten met de uitgestrekte hemel. De wind waaide zacht over het wateroppervlak en droeg de zilte geur van de zee met zich mee. Maar vandaag bracht de bries geen geruststelling. Het gewicht van de beslissing die voor hem lag, drukte als een zware last op zijn schouders. Zijn hart klopte in een onregelmatig ritme. Zijn gedachten draaiden in cirkels, steeds weer terugkerend naar de onvermijdelijke vraag: Wat moest hij doen?

Voor hem lag Atlantis, verborgen onder de diepten van de zee, beschermd door eeuwenoude magie en de wijsheid van de Wachters. Maar die bescherming was aan het afbrokkelen. Het Genootschap, met hun grenzeloze ambitie en honger naar macht, kwam steeds dichterbij. Hun zoektocht naar de geheimen van Atlantis leek onafwendbaar. Alsof de wereld zelf hen had geleid naar de grenzen van het verloren rijk. Orion wist dat hun doel meer was dan het simpelweg vergaren van macht. Ze zochten niet alleen de technologie van Atlantis, maar ook de diepere wijsheid, de filosofieën die het oude volk hadden geleid. Orion staarde naar de horizon, waar de golven zich eindeloos uitstrekten. Hij wist dat zijn keuze alles zou veranderen. De toekomst van Atlantis hing in de balans. Hij moest beslissen of de geheimen van het oude rijk gedeeld moesten worden met de buitenwereld of voor altijd verborgen moesten blijven. Hij voelde de zee onder hem fluisteren, niet met woorden, maar met de kracht van de stromingen, de wind en het diepe, onzichtbare leven dat in de oceaan pulseerde. Het water waarschuwde hen. De zee waarschuwde hen. En toch leek het antwoord ver buiten zijn bereik te liggen, alsof de oceanen zelf onzeker waren over het juiste pad.

Orion draaide zich om en zag Lyra staan, haar blik op hem gericht. Haar ogen weerspiegelden dezelfde zorgen die in zijn hart brandden. Zij, die al zoveel had meegemaakt, wist precies wat hij doormaakte. Ze was jong, maar haar wijsheid was diepgeworteld, geboren uit haar ervaringen en haar erfgoed als een van de Wachters. Toch wist hij dat zelfs zij geen definitief antwoord had. De waarheid was dat niemand dat had.

"Wat ga je doen, Orion?" vroeg Lyra zacht. Haar stem was als een zachte rimpeling in de lucht. Maar de ernst van haar woorden was niet te missen. Ze kwam dichterbij, haar blik niet afwendend. "De tijd van weifelen is voorbij. We moeten beslissen. Wat jij kiest zal alles veranderen."

Orion's kaken spanden zich aan. Hij wist dat ze gelijk had. De verantwoordelijkheid die hij droeg was immens. Zijn gedachten gingen terug naar de lessen die hij had geleerd van de oudere Wachters. Degenen die voor hem waren gekomen en die het geheim van Atlantis hadden beschermd met hun leven. Voor hen was het duidelijk geweest: Atlantis moest beschermd blijven, koste wat het kost. De wereld boven water, met zijn chaos en eindeloze conflicten, was niet klaar voor de kennis die hier lag. Maar de wereld was veranderd. De dreigingen waren nu groter. De gevaren complexer. En nu stond hij hier. Op het punt om te beslissen of het geheim van Atlantis eindelijk onthuld zou worden.

"Ik weet het niet, Lyra," antwoordde Orion, zijn stem zacht maar vol spanning. "Hoe kan ik deze beslissing nemen? De toekomst van alles wat we hebben beschermd. Alles wat Atlantis ooit was, rust op mijn schouders. Wat als ik de verkeerde keuze maak? Wat als we de wereld openen voor krachten die ze niet kunnen beheersen?"

Lyra bleef stil, maar haar aanwezigheid was geruststellend. Ze wist dat er geen eenvoudige antwoorden waren, d. Dat de last die Orion droeg even zwaar was als het gewicht dat de zee in haar diepte hield. Ze had zelf diezelfde twijfels gevoeld. Diezelfde innerlijke strijd. Maar ze wist ook dat ze geen tijd meer hadden om stil te staan bij die twijfels.

"Je hebt gelijk," zei ze uiteindelijk. "Maar wat als het juist is? Wat als de wereld deze kennis nodig heeft om te overleven? Misschien kan wat wij weten, wat we hebben beschermd, de wereld redden van de ondergang."

Orion haalde diep adem en sloot even zijn ogen. Hij voelde het ritme van de golven tegen de rotsen slaan. Het kalmerende geluid dat normaal gesproken zijn zorgen zou wegspoelen. Maar vandaag voelde het anders. De zee leek rusteloos. Haar oppervlakte glad en stil, maar met een onzichtbare kracht die eronder borrelde, klaar om elk moment te ontketenen. Het was de weerspiegeling van zijn eigen innerlijke onrust.

"Kallias zegt dat de tijd van geheimen voorbij is," zei hij, zijn ogen nog steeds gesloten. "Dat de wereld zal ontdekken wat hier ligt, of wij het nu willen of niet."

"Kallias heeft gelijk," antwoordde Lyra. "Het Genootschap zal niet stoppen. Ze zullen doorgaan totdat ze vinden wat ze zoeken. Maar als wij de controle houden over hoe dat gebeurt, kunnen we ervoor zorgen dat de wereld begrijpt wat deze kennis betekent. We kunnen de weg wijzen."

Orion opende zijn ogen en draaide zich weer om naar de oceaan. Hij wist dat de wereld buiten Atlantis steeds gevaarlijker werd. De mensheid stond op het punt van een cruciale verandering. Een transformatie die hun toekomst zou bepalen. Maar de vraag was of ze klaar waren voor de macht die Atlantis bezat. De geheimen van Atlantis gingen niet alleen over technologie of macht. Ze gingen over balans, over de relatie tussen de mens en de natuur, tussen het land en de zee. Als de wereld die balans niet begreep, zou de onthulling van Atlantis alleen maar vernietiging brengen.

"Als we Atlantis openen," zei Orion langzaam, zijn woorden zorgvuldig gekozen, "dan geven we de wereld een kans. Maar we geven ze ook de mogelijkheid om alles te vernietigen. Ik weet niet of ik dat risico kan nemen."

Lyra's blik verzachtte. Ze legde haar hand op zijn arm. "We kunnen niet alles controleren, Orion. We kunnen alleen maar proberen het beste te doen met wat we hebben. Jij hebt de kracht om een verschil te maken. We hebben altijd gewacht op het juiste moment. Op de juiste manier om de wereld te helpen. Misschien is dit dat moment."

Orion voelde haar woorden diep in zijn wezen resoneren. Hij wist dat ze gelijk had. Hun hele leven als Wachters was erop gericht geweest om de balans te beschermen. Om te wachten tot de wereld klaar was om de geheimen van Atlantis te begrijpen. Maar nu was de tijd gekomen om die keuze te maken. Het Genootschap stond aan hun deur. Het was alleen een kwestie van tijd voordat ze doorbraken. De vraag was niet langer of ze zouden delen wat ze wisten, maar hoe ze dat zouden doen.

Hij draaide zich langzaam om naar Lyra, zijn ogen vol vastberadenheid. "We moeten het op onze manier doen. We moeten de geheimen van Atlantis delen. Maar op een manier die de wereld leert wat het betekent om verantwoordelijkheid te dragen. Als we dat niet doen, zullen anderen de macht grijpen en misbruiken."

Lyra glimlachte zwak, maar het was een glimlach vol steun. "Ik geloof in je, Orion. We zullen de wereld laten zien wat Atlantis werkelijk is. Maar we zullen ook laten zien dat macht zonder wijsheid alleen maar vernietiging brengt."

Orion voelde een golf van kalmte over zich heen spoelen. De beslissing was genomen. Maar de strijd was nog lang niet voorbij. Ze zouden het Genootschap moeten confronteren. De machtige organisatie die niets anders wilde dan de geheimen van Atlantis in handen krijgen. Maar nu voelde hij zich klaar. Hij wist wat hij moest doen.

"De toekomst van Atlantis ligt niet alleen in onze handen," zei Orion, terwijl hij zijn blik weer op de zee richtte. "Maar we kunnen de wereld voorbereiden op wat komt."

De golven leken te antwoorden op zijn woorden. Voor het eerst in dagen voelde Orion een diepere rust. Hij had gekozen. Nu zou hij alles op alles zetten om ervoor te zorgen dat die keuze de wereld zou leiden naar een toekomst van balans. Een toekomst waarin de wijsheid van Atlantis eindelijk begrepen zou worden.

Hij draaide zich om en liep naar de stad terug. Lyra volgde in stilte achter hem. De keuze was gemaakt, maar de strijd om de geheimen van Atlantis was nog maar net begonnen.

4.3: Seraphina's visioen

De lucht boven Atlantis was zacht paars getint, met vegen rood en oranje van de ondergaande zon die hun licht over de eindeloze oceaan wierpen. Maar Seraphina voelde geen rust. Ze stond op de rand van de klif, waar het land overging in de diepten van de zee. Ze keek uit over het water dat tegen de rotsen sloeg. Haar lange, donkere haren wapperden in de zachte bries, maar haar hart was onrustig. In de stilte van deze schemering, in de kalmte voor wat onvermijdelijk leek te komen, had Seraphina zich nog nooit zo verloren gevoeld.

Ze had de gave van visie geërfd van haar voorouders. De Wachters van Atlantis hadden haar altijd gewaarschuwd dat het zien van de toekomst een zware last met zich meebracht. Maar nu, met het lot van Atlantis op het spel, voelde de last zwaarder dan ooit. Het Genootschap kwam steeds dichterbij. De wereld buiten de grenzen van Atlantis, de mensen, hunkerden naar de geheimen die de stad had verborgen. En de vraag die iedereen nu op de lippen brandde, was of ze die geheimen moesten delen. Of de wereld klaar was voor de kennis en macht van Atlantis.

Seraphina ademde diep in en sloot haar ogen. Haar gedachten gericht op de diepte van de oceaan. Het was in de stilte van haar hart dat de visioenen vaak tot haar kwamen. En vandaag, op dit moment, voelde ze dat iets groots en onheilspellends naderde.

Ze knielde neer op de rots, haar hand rustte zacht op het koele, ruwe oppervlak van de steen, terwijl haar geest langzaam afdaalde in de duisternis van haar innerlijke wereld. Ze voelde de energie van de oceaan onder haar. De constante golfslag die altijd aanwezig was, als het ritme van een oude ziel die al duizenden jaren over deze wereld waakte. En toen, net toen ze haar adem inhield, kwam het visioen met de kracht van een vloedgolf.

De wereld voor haar ogen veranderde. Ze stond niet langer op de klif, maar zweefde hoog boven Atlantis. Ze zag de stad in al zijn glorie. De prachtige koepels en kristallen gebouwen die in de zon schitterden. Het water rond de stad was kalm. De lucht boven hen was helder. Maar dan, plotseling, barstte de aarde open. De zee scheurde zich los. Er ontstond chaos. Donkere wolken rolden over de horizon. Stormen kwamen op. Ze zag de mensen van Atlantis rennen. Angstig en verward. Terwijl de zee zich tegen hen keerde.

In het midden van deze chaos zag ze Het Genootschap. Hun leider, Kaelen, stond op een hoog platform en hield iets omhoog: een geheim van Atlantis. Iets dat straalde met een ongekende kracht. Maar terwijl hij het in zijn handen hield, veranderde de stad. De gebouwen begonnen te scheuren. Het water begon te kolken. De zee leek de stad op te slokken.

Seraphina voelde de paniek in haar lichaam opwellen. Dit was het lot van Atlantis als de geheimen werden gedeeld. Als de macht in de verkeerde handen viel. De wereld zou niet alleen Atlantis vernietigen, maar zichzelf. Maar net toen de duisternis op het punt stond alles te overspoelen, veranderde het visioen weer.

Ze zag een andere toekomst. Een toekomst waarin de geheimen van Atlantis niet alleen werden gedeeld, maar werden begrepen. Ze zag mensen samenwerken. De oude kennis gebruiken om een nieuwe balans te vinden tussen de wereld en de natuur. Ze zag hoe de krachten van Atlantis werden ingezet om het evenwicht te herstellen, om vrede te brengen in plaats van vernietiging. De zee, die eerst een woeste kracht was geweest, werd kalm en vredig. De stad van Atlantis schitterde onder het licht van de zon. Ze voelde een diepe rust over zich heen komen.

Toen, net zo plotseling als het was begonnen, verdween het visioen en Seraphina bevond zich weer op de klif, haar hand nog steeds rustend op de koude steen. Ze hijgde zacht. Haar hart klopte luid in haar borst. Wat ze had gezien, had haar lichaam doen beven van angst, maar ook van hoop. Ze wist dat de toekomst van Atlantis op het spel stond. Dat het delen van hun geheimen zowel vrede als chaos kon brengen. Maar de keuze die ze moesten maken, zou alles bepalen.

Seraphina bleef even zitten, haar blik gericht op de oceaan. De zee zag er kalm uit, maar ze wist nu dat de kalmte misleidend was. Onder de oppervlakte rommelde iets. Een kracht die door de geheimen van Atlantis was gewekt. En nu was het aan hen om te beslissen of ze die kracht zouden loslaten.

"Hé, ben je oké?" De stem van Lyra klonk achter haar. Seraphina keek op. Lyra liep langzaam naar haar toe, haar gezicht bezorgd. "Ik zag je hier alleen zitten. Je leek... ergens anders te zijn."

Seraphina knikte. Haar gedachten nog steeds bij het visioen. "Ik had een visioen," zei ze, haar stem zachter dan ze had bedoeld. "De toekomst... de toekomst is niet zo duidelijk als we denken."

Lyra keek haar scherp aan en knielde naast haar neer. "Wat heb je gezien?"

Seraphina zuchtte diep en sloot haar ogen. Ze voelde de beelden van haar visioen nog steeds scherp in haar geest geëtst. "Ik zag twee mogelijke toekomsten. In de ene..." Ze aarzelde even en zocht naar de juiste woorden. "In de ene werd Atlantis vernietigd. De zee verzwolg de stad. De geheimen die we zo lang hebben beschermd, werden gebruikt om alles te vernietigen. Maar in de andere toekomst... zag ik hoop. Ik zag dat als we de geheimen delen, maar ze op de juiste manier gebruiken, ze vrede kunnen brengen. Een nieuw evenwicht."

Lyra's ogen vernauwden zich. "Dus het delen van de geheimen kan zowel een zegen als een vloek zijn."

Seraphina knikte. "Ja. Maar het probleem is dat we niet weten welke toekomst werkelijkheid zal worden. Het hangt af van ons. Van de keuzes die we maken en van de mensen die de geheimen in handen krijgen."

Lyra keek naar de oceaan, haar gedachten zichtbaar in beweging. "Het is alsof we op het punt staan een deur te openen, zonder te weten wat erachter ligt."

"Precies," antwoordde Seraphina. "De vraag is of we die deur überhaupt moeten openen. Of het de moeite waard is om het risico te nemen."

De stilte tussen hen was gevuld met het zachte geluid van de golven die tegen de rotsen sloegen. Seraphina voelde de spanning in haar borst toenemen. Het visioen had haar meer vragen dan antwoorden gegeven. Maar het had haar ook iets belangrijks laten zien: de toekomst was niet vastgelegd. Er waren mogelijkheden. Het was aan hen om te bepalen welke kant ze op wilden gaan.

"Wat denk jij?" vroeg Lyra uiteindelijk. "Wat moeten we doen?" Seraphina keek haar lang aan, haar ogen vol twijfel en zorgen. "Ik weet het niet, Lyra. Het visioen liet me zien wat er kan gebeuren. Maar het gaf me geen antwoorden. Het enige wat ik weet, is dat we de wereld niet kunnen beschermen door alles voor onszelf te houden. Maar de wereld openen voor deze kennis... dat kan gevaarlijk zijn."

Lyra knikte langzaam, alsof ze elke nuance van Seraphina's woorden overwoog. "Ik begrijp het. Maar misschien is het niet onze taak om de toekomst te voorspellen, maar om ervoor te zorgen dat we klaar zijn voor wat komt."

Seraphina glimlachte zwak. "Dat zou mooi zijn, als we dat konden. Maar ik ben bang dat we geen controle hebben over wat de wereld met de geheimen van Atlantis zal doen."

De zee, die voor hen uitstrekte, leek een diepe, allesomvattende stilte te bieden. Maar Seraphina wist nu dat die stilte bedrieglijk was. Onder het oppervlak rommelde de wereld. Een wereld die klaar was om te veranderen, of ze dat nu wilden of niet. De geheimen van Atlantis hadden de kracht om de wereld te redden. Maar ook om haar te vernietigen. En nu stond Seraphina voor de keuze welke weg ze wilde volgen.

Ze haalde diep adem en keek naar Lyra, haar ogen vastbesloten. "Wat er ook gebeurt, we moeten ervoor zorgen dat we klaar zijn. Voor beide toekomsten."

4.4: Kaelen's ultimatum

De hemel boven Atlantis leek in tweeën gespleten door de kleuren van een naderende storm. Donkere wolken rolden over de horizon. Hun schaduwen wierpen een dreigend licht over de glinsterende koepels en ondergrondse doorgangen van de oude stad. De oceaan die altijd kalm en stil was geweest, bewoog nu onrustig, of de zee zelf waarschuwde voor wat komen ging.

Op de hoge kliffen, waar de lucht de aarde ontmoet, stond Kaelen, zijn rug recht en zijn blik strak gericht op het kleine gezelschap voor hem. Zijn gelaatstrekken waren scherp en vastberaden, zijn ogen glinsterden met een combinatie van ambitie en wanhoop. Voor hem stonden de Wachters van Atlantis – Orion, Lyra, en Kallias– met hun gezichten versteend, maar vanbinnen gevuld met conflicten. Achter hen klotste de zee woedend tegen de rotsen. De oceaan wilde zijn stem laten horen in de beslissing die hen allemaal boven het hoofd hing.

Kaelen's stem sneed door de lucht als het scherpe geluid van een mes dat door ijs snijdt. "Dit is geen voorstel meer. Dit is een ultimatum. Werk met ons samen. Deel de geheimen van Atlantis. Samen kunnen we een betere toekomst voor de wereld creëren. Of je blijft vasthouden aan een vergane tijd. Riskeert dat wat we hier samen kunnen opbouwen, wordt vernietigd door jullie eigen koppigheid."

Orion keek Kaelen strak aan, zijn kaken gespannen. Het was duidelijk dat de leider van Het Genootschap niet gekomen was voor een gesprek. Dit was geen diplomatiek overleg meer Dit was een dreigement. Kaelen's woorden, hoe verfijnd en vastberaden ze ook klonken, waren doordrenkt van de impliciete boodschap: werk met ons, of Atlantis gaat ten onder.

De stilte die volgde, werd alleen doorbroken door het geluid van de zee, die nu leek te fluisteren, te schreeuwen. Te mompelen in de taal van de oceaan. Een waarschuwing.

Lyra deed een stap naar voren, haar ogen priemend in die van Kaelen. "Je wilt ons dwingen, Kaelen. Maar wat je voorstelt is geen samenwerking. Je probeert ons te chanteren, alsof wij niet begrijpen wat er op het spel staat."

Kaelen's lippen krulden op in een lichte glimlach, die allesbehalve vriendelijk was. "Ik wil niemand dwingen, Lyra," antwoordde hij, zijn stem zoet maar dreigend. "Maar laten we eerlijk zijn, jullie hebben geen keuze. Het Genootschap zal doorgaan met of zonder jullie hulp. Wij hebben de middelen, de kracht. De vastberadenheid om de geheimen van Atlantis te ontrafelen. Wat ik jullie aanbied, is de kans om de leiding te nemen. Denk aan de wereld. Denk aan de toekomst die we samen kunnen bouwen. Of willen jullie Atlantis blijven begraven in een wereld die op de rand van de afgrond staat?"

Orion voelde het branden van Kaelen's woorden in zijn borst. De wereld die Kaelen beschreef, een wereld waarin de geheimen van Atlantis zouden worden gedeeld, klonk gevaarlijk, verontrustend, maar ook verleidelijk. Wat als Het Genootschap gelijk had? Wat als het vasthouden aan de geheimen van Atlantis, aan het oude, niet langer de juiste weg was? Maar tegelijkertijd wist hij dat het delen van die macht een onomkeerbare stap zou zijn.

Kallias, de oudste en wijste onder hen, stapte nu ook naar voren. Zijn grijze haren wapperden in de wind. Zijn ogen, die zoveel geschiedenis hadden gezien, keken Kaelen doordringend aan. "Je hebt gelijk, Kaelen. De wereld staat op een keerpunt. Maar jouw visie op de toekomst is er een die gebouwd is op macht, niet op wijsheid. Atlantis is niet zomaar een verzameling geheimen of technologieën. Het is een erfenis van balans, een evenwicht tussen de natuur en de mens. En jij... jij zoekt alleen de macht om die balans te verstoren."

Kaelen lachte zacht, zijn ogen schoten naar Kallias met een mengeling van minachting en bewondering. "Jij begrijpt het niet, oude man. Macht en wijsheid kunnen hand in hand gaan. Jij en de Wachters hebben te lang in het duister geleefd. Bang voor wat er zou gebeuren als jullie kennis werd gedeeld. Maar de wereld heeft Atlantis nu nodig, meer dan ooit. De mensen daarboven staan op het punt zichzelf te vernietigen. Oorlogen, natuurrampen, honger, ziekte. We kunnen het allemaal oplossen met wat Atlantis te bieden heeft. Jij ziet alleen maar gevaar, maar ik zie kansen."

Orion voelde de spanning in de lucht toenemen. De oceaan zelf reageerde op de woorden die Kaelen sprak. Hij wist dat de tijd drong.

De toekomst van Atlanten misschien wel van de hele wereld, hing af van de beslissing die ze nu moesten nemen. Maar elke vezel in zijn lichaam verzette zich tegen het idee om de macht die ze zo lang hadden beschermd, over te dragen aan iemand als Kaelen.

"En als we niet met je samenwerken?" vroeg Orion, zijn stem laag maar krachtig.

Kaelen's ogen vernauwden zich. Voor het eerst liet hij zijn glimlach volledig varen. "Dan vernietig ik Atlantis," zei hij koud. "Jullie denken misschien dat ik bluf, maar geloof me, ik heb de middelen om dat te doen. Als jullie ons niet toestaan om de geheimen van Atlantis te delen en te gebruiken voor het grotere goed, dan zal ik ervoor zorgen dat niemand ze ooit krijgt. Dat is mijn ultimatum."

De lucht leek te verstijven bij zijn woorden, alsof de wereld zelf stilhield in afwachting van wat komen zou. Lyra voelde een golf van woede door haar heen razen. Maar ze wist dat ze niets kon doen zonder de situatie verder te escaleren. Kaelen had hen in een hoek gedreven, en nu moesten ze een keuze maken die hun hele toekomst zou bepalen.

Orion voelde de last van het moment op zijn schouders drukken. Zijn blik gleed naar Kallias en Lyra. Maar hun ogen waren even vol twijfels als de zijne. Ze konden de geheimen van Atlantis niet zomaar aan Het Genootschap overdragen. Niet zonder de garantie dat het voor het goede zou worden gebruikt. Maar konden ze het risico nemen dat Kaelen Atlantis zou vernietigen? Was dat een prijs die ze bereid waren te betalen?

Kallias schudde langzaam zijn hoofd. Zijn stem klonk rauw van emotie toen hij sprak. "Je begrijpt het niet, Kaelen. Zelfs als je Atlantis vernietigt, vernietig je niet wat het vertegenwoordigt. De kracht van Atlantis ligt niet alleen in zijn geheimen of technologieën. Het is een symbool van wat de mensheid kan bereiken wanneer het in harmonie leeft met de natuur. Wanneer het evenwicht tussen de elementen wordt gerespecteerd. Jij... jij zou dat allemaal vernietigen voor je eigen gewin."

Kaelen's ogen fonkelden van vastberadenheid. "Misschien," zei hij, "maar wat jij niet begrijpt, Kallias, is dat de wereld buiten Atlantis geen tijd meer heeft om te wachten. De wereld is uit balans. Het Genootschap probeert die balans te herstellen. Jij houdt vast aan een utopie die nooit meer terugkomt."

"En jouw visie is er een van heerschappij," zei Lyra scherp. "Je wilt de macht van Atlantis gebruiken om de wereld te controleren. Niet om haar te redden. Je hebt het over vrede, maar je bedoelt controle. Dat is geen balans."

Kaelen haalde diep adem, zijn gezicht weer kalm en berekenend. "Denk wat je wilt, Lyra. Maar onthoud dit: jullie hebben niet lang meer om te beslissen. Werk samen met ons. Jullie kunnen helpen de wereld vorm te geven. Maar als jullie blijven tegenwerken, dan zullen jullie het einde van Atlantis zien. Met haar het einde van elke kans op een betere toekomst."

De stilte die volgde, was oorverdovend. De zee had haar stem verloren, de wind hield haar adem in. Zelfs de golven leken hun woede te hebben ingeslikt. Orion keek naar de horizon. Naar de donkere wolken die zich boven het water hadden verzameld. Het voelde alsof de natuur zelf op het punt stond te beslissen. Maar hij wist dat de keuze bij hen lag.

"Je vraagt ons om te kiezen tussen twee soorten vernietiging," zei Orion tenslotte, zijn stem zacht maar scherp. "Maar wat jij aanbiedt, is geen betere toekomst. Het is een toekomst vol macht, vol controle. En dat is niet wat Atlantis vertegenwoordigt."

Kaelen glimlachte opnieuw, maar deze keer was er geen warmte in zijn ogen. "Dan is dit je laatste kans, Orion. Denk goed na over wat je kiest."

Met die woorden draaide Kaelen zich om en verdween in de richting van de horizon, waar zijn volgelingen al op hem wachtten. De Wachters bleven achter, het geluid van zijn voetstappen vervaagde in de wind.

Orion voelde een koude rilling over zijn ruggengraat kruipen. Maar hij wist dat de echte kou nog moest komen. De keuze die ze moesten maken, zou alles veranderen. En wat ze nu besloten, zou niet alleen het lot van Atlantis bepalen, maar ook dat van de hele wereld.

4.5: Arion's standpunt

Arion stond aan de rand van een onderwaterklif. Diep onder de oppervlakte van de oceaan, waar het licht van de zon al lang niet meer doordrong. Zijn blik was gefixeerd op de inktzwarte diepten onder hem, waar het water als een ondoordringbare muur leek. De druk van de zee op zijn lichaam voelde natuurlijk, vertrouwd zelfs. Sinds zijn volledige transformatie naar zeemerman had hij een ongeëvenaarde verbondenheid met de oceaan gevoeld. Maar vandaag, terwijl hij in stilte naar beneden staarde, voelde hij een andere druk op zijn schouders rusten. De druk van de beslissing die genomen moest worden.

De oceaan waarschuwde hem, zonder woorden maar met een krachtige aanwezigheid die hij voelde in elke golfslag. Het water stroomde om hem heen, zwaar en intens. De zee zelf stond op de rand van een besluit. De wereld was in gevaar. Hij wist dat hij een cruciale rol zou spelen in wat komen zou. Toch was hij verdeeld, net zoals de zee om hem heen.

Aan de ene kant voelde hij de groeiende kracht van zijn nieuwe zeeminnenvorm. Zijn lichaam was sterker, sneller. Hij kon dieper in de oceaan reizen dan hij ooit had durven dromen. Deze evolutie betekende meer dan alleen fysieke verandering; het was een nieuwe vorm van bestaan. Een symbiose tussen de mens en de natuur. Een belofte van een nieuwe toekomst voor zijn soort. Hij wilde deze evolutie niet opgeven. Niet terugkeren naar het beperkte bestaan dat hij als mens had gekend.

Maar aan de andere kant lag Atlantis. Die oude, mysterieuze stad, met haar verborgen geheimen en haar immense macht. De stad die nu op het punt stond te worden blootgesteld aan de wereld boven het wateroppervlak. En die macht, die kennis, was gevaarlijk. Niet alleen voor de mensheid, maar ook voor zijn soort. Als Atlantis viel. Als de geheimen in de verkeerde handen vielen, zou dat niet alleen het einde betekenen van wat hij nu was. Ook van de balans die al duizenden jaren standhield tussen de mensheid en de natuur.

Hij sloot zijn ogen en liet de koude, stille diepte van de oceaan hem omarmen. De zee fluisterde, niet met woorden, maar met een stroom van gevoelens. Van beelden die door zijn geest raasden. Hij zag de toekomst die voor hen lag. Een toekomst waarin de zeemeermensen vrij in de oceanen leefden. Hun krachten in harmonie met de wereld gebruikend. Hun wijsheid deelden met de mensen die dat konden waarderen. Maar hij zag ook een andere toekomst, een duistere toekomst, waarin de geheimen van Atlantis werden misbruikt, de zeeën werden overmeesterd. Zijn soort werd opgejaagd, gevangen, misschien zelfs vernietigd door de krachten die zij zelf hadden helpen loslaten.

Zijn hart klopte sneller. Het was een keuze die alles zou bepalen.

Achter hem hoorde hij het zachte geluid van de oceaan dat werd verstoord door een naderende aanwezigheid. Hij wist meteen wie het was. Kallias zwom op hem af, stil en soepel door het water glijdend. Zijn aanwezigheid bijna onopgemerkt. Kallias had hem altijd met een zekere vaderlijke zorg benaderd. Maar vandaag hing er iets zwaars in de lucht. Arion voelde het. De oceaan was gespannen door de dreiging die hen te wachten stond.

"Arion," begon Kallias, zijn stem gedempt door het water maar nog steeds doordringend. "We moeten praten."

Arion draaide zich langzaam om, zijn ogen ontmoetten die van Kallias. De oude Wachter had een intensiteit in zijn blik die Arion niet gewend was. Er was geen aarzeling, geen onzekerheid. Kallias wist wat hij moest doen, wat hij moest vragen. Maar Arion was niet zo zeker van zijn eigen pad.

"Ik weet wat je wilt zeggen," zei Arion, zijn stem vol spanning. "Je wilt dat ik een keuze maak."

Kallias knikte langzaam. "Niet zomaar een keuze. Je hebt nu een verantwoordelijkheid, Arion. De evolutie die je hebt doorgemaakt, de krachten die je hebt gekregen, zijn niet alleen een geschenk. Ze zijn een wapen. Een wapen dat je kunt gebruiken om Atlantis te beschermen, of... om het te vernietigen."

Arion keek weg, zijn blik weer gericht op de diepten onder hen. "Maar wat als ik niet weet wat het juiste is? Wat als ik niet kan kiezen tussen wat goed is voor ons en wat goed is voor de rest van de wereld?"

Kallias zwom dichter naar hem toe, zijn hand rustte kort op Arion's schouder. "Niemand weet wat het juiste antwoord is, Arion. Dat is de last die we dragen. Maar het verschil is dat jij nu iets hebt wat wij niet hebben. Jouw evolutie geeft je de kracht om de balans te bewaren tussen de mensheid en de oceaan. Jij bent de sleutel."

"De sleutel tot wat?" vroeg Arion, zijn stem vermoeid. "Tot een keuze tussen chaos en vrede? Tussen vernietiging en overleven?"

Kallias schudde zijn hoofd. "Tot de toekomst, Arion. Jij vertegenwoordigt de toekomst van ons volk, van de zeemeermensen. Maar jouw keuze zal ook de toekomst van de wereld bepalen. Het Genootschap wil de macht van Atlantis voor zichzelf gebruiken. Maar wij, de Wachters, weten dat die macht niet zomaar mag worden overgedragen. Het is jouw verantwoordelijkheid om te beslissen hoe die macht wordt gebruikt."

Arion voelde een zucht door zijn lichaam trekken, alsof de zee zelf zijn innerlijke conflict weerspiegelde. Hij had altijd geweten dat zijn evolutie hem zou veranderen. Hij had nooit verwacht dat de last van zo'n beslissing op zijn schouders zou rusten. De toekomst van zijn soort. Misschien wel van de hele wereld, hing af van wat hij nu zou kiezen.

"Kallias," begon hij, zijn stem zacht maar resoluut, "ik wil mijn soort niet opgeven. De evolutie die we doormaken, de krachten die we hebben gekregen, kunnen zoveel goed doen. Maar ik ben bang dat de geheimen van Atlantis de wereld zullen vernietigen als ze in verkeerde handen vallen."

"Dat is het risico dat we altijd hebben gekend," antwoordde Kallias, zijn stem zwaar van wijsheid. "De geheimen van Atlantis zijn een tweesnijdend zwaard. Ze kunnen de wereld redden of haar vernietigen. Maar als wij niet de juiste keuzes maken... Als wij niet handelen met wijsheid, dan zullen anderen dat voor ons doen."

Arion wist dat Kallias gelijk had. Hij had de kracht, hij had de verantwoordelijkheid. Maar het voelde alsof er geen goede keuze was. Welke weg hij ook koos, er zouden gevolgen zijn. Sommige daarvan zouden onomkeerbaar zijn.

"Je moet doen wat je hart je ingeeft, Arion," zei Kallias zacht. "Niet wat je denkt dat de wereld van je verwacht."

De woorden van Kallias raakten Arion diep. Hij had altijd geleefd met het gevoel dat zijn beslissingen de verwachtingen van anderen moesten vervullen. Dat hij moest handelen volgens de regels en de tradities die hem waren geleerd. Maar nu wist hij dat de keuze die hij moest maken verder reikte dan al die regels. Het ging om de toekomst. Om wat voor soort wereld hij wilde achterlaten. Voor zijn eigen soort, maar ook voor de mensheid.

Hij haalde diep adem en voelde de oceaan om hem heen als een levende aanwezigheid. Een kracht die hem met elk moment versterkte. De keuze was helder in zijn gedachten. Maar het nemen van de stap vereiste moed die hij nog niet volledig had gevonden.

"Ik wil niet dat Atlantis wordt vernietigd," zei hij langzaam. "Maar ik wil ook niet dat de wereld ten onder gaat aan de geheimen die we beschermen. Er moet een manier zijn om beide te beschermen, om een balans te vinden."

Kallias glimlachte zwak. "Dat is de juiste weg, Arion. De balans. Maar die weg is niet eenvoudig. Het zal offers vergen. Je zult tegenstand ontmoeten van mensen zoals Kaelen, die alleen maar macht zien in wat wij willen beschermen."

Arion voelde de kracht in zijn lichaam toenemen. Hij wist dat zijn evolutie niet zomaar een verandering in zijn fysiek was. Het was een verandering in zijn ziel. In zijn verantwoordelijkheid tegenover de wereld. "Ik zal doen wat nodig is," zei hij vastberaden. "Voor Atlantis, voor mijn soort, voor de toekomst."

De golven ruisten zachtjes om hen heen, alsof de zee zijn woorden bevestigde. Kallias knikte, zijn ogen gevuld met respect. "Ik wist dat je de juiste keuze zou maken, Arion. We moeten nu handelen, voordat Kaelen zijn ultieme dreigement waarmaakt."

Arion keek naar de horizon, waar de diepten van de oceaan in het niets leken te verdwijnen. De zee waarschuwde hem. Maar nu wist hij dat hij de kracht had om de balans te bewaren. Om ervoor te zorgen dat de geheimen van Atlantis niet werden gebruikt om de wereld te vernietigen. Het was een zware last, maar het was de zijne om te dragen.

Hoofdstuk 5: De oplossing

De lucht hing stil boven de oceaan, maar onder het wateroppervlak was niets kalm. De strijd die zich al dagen aan het opbouwen was, voelde als een onzichtbare storm die de zee onrustig maakte. De Wachters van Atlantis, de zeemeerminnen en de leden van Het Genootschap stonden op de rand van een beslissing die niet alleen hun eigen levens zou bepalen. De toekomst van de hele wereld. Elke golfslag, elke ademhaling van de zeewind droeg de beladen spanning van een naderende climax.

In de diepten van Atlantis, waar het oude licht van de kristallen grotten nog steeds zachtjes schitterde, stonden de Wachters bijeen. Orion, Lyra, Seraphina en de anderen waren omringd door de oceaan. Hun gedachten waren ver weg. In de tijd en de toekomst die ze nu moesten kiezen. Voor hen was geen weg meer terug. Kaelen's ultimatum had hen tot het uiterste gedreven. Het waren de geheimen van Atlantis zelf die nu tegen hen spraken. Hen dwongen om de waarheid onder ogen te zien.

"De balans moet worden hersteld," sprak Orion zachtjes, zijn stem diep doordrenkt met de eeuwenoude wijsheid van zijn volk. "Maar de vraag is of we de wereld de macht van Atlantis kunnen toevertrouwen, zonder dat het leidt tot haar vernietiging."

Lyra keek naar hem, haar ogen vulden zich met een mengeling van twijfel en woede. "Kaelen gelooft dat hij de wereld kan redden door de geheimen te delen," zei ze, haar stem trillend van emotie. "Maar wat als hij het mis heeft? Wat als zijn honger naar macht alles kapotmaakt waar we voor staan?"

Seraphina, die stiller was dan de rest, sloot haar ogen en voelde de trillingen van de zee om haar heen. Ze voelde de energie van Atlantis. De krachten die diep in de aarde verborgen lagen. Ze wist dat ze evenveel konden vernietigen als redden. De keuze die ze moesten maken, zou onherroepelijk zijn. De geheimen van Atlantis waren geen gewone kennis. Het was een bron van macht die eeuwen geleden was verborgen met een reden.

Maar de vraag bleef: Was de wereld nu klaar voor die macht?

"De zee zelf waarschuwt ons," zei Seraphina zacht, haar stem kalm maar doordrongen van een diepere waarheid. "Het water beweegt anders vandaag. Het voelt... rusteloos. Net zoals wij."

De anderen zwegen. De zee, die altijd hun bondgenoot was geweest, leek nu zelf de onzichtbare grens te markeren tussen wat moest worden behouden en wat moest worden gedeeld. Het was een wapen, maar ook een krachtbron. Een bron van leven en vernietiging. Net als de geheimen van Atlantis.

Ondertussen, aan de rand van de stad, verzamelde Kaelen zijn volgelingen van Het Genootschap. Zijn ogen glinsterden van ambitie. Maar er was een diepere, duistere vlam die brandde achter die ambitie. Hij geloofde in zijn visie van een wereld gered door de krachten van Atlantis. Hij was vastberaden om de macht van de stad te gebruiken om de wereld te hervormen, om haar te redden van zichzelf. Maar tegen welke prijs?

"De Wachters denken dat ze de wereld beschermen door haar in het duister te laten," sprak Kaelen met een overtuigende, bijna hypnotiserende toon tegen zijn volgelingen. "Maar in werkelijkheid houden ze de sleutels tot een nieuwe toekomst in handen. Een toekomst waarin de mensheid eindelijk kan ontsnappen aan haar eigen ondergang."

Een van zijn volgelingen, Ithar, knikte instemmend. "En wij zullen hen dwingen te zien wat we kunnen bereiken met die kracht. We zullen de wereld veranderen."

Kaelen's ogen vernauwden zich. "Ja. En als ze niet met ons meewerken, dan zullen we de geheimen van Atlantis zelf nemen, ongeacht de prijs."

Terug in de grotten van Atlantis begon Orion te spreken, zijn stem gevuld met een eeuwenoude autoriteit. "We staan op de rand van een keuze, niet alleen voor Atlantis, maar voor de wereld. Kaelen biedt ons een schijnbare oplossing. Wat hij wil, is niet gebaseerd op wijsheid. Het is gebaseerd op macht."

Lyra stapte naar voren, haar stem vol passie. "We kunnen hem niet laten winnen, maar ik ben bang... Ik ben bang dat als we Atlantis blijven verbergen, de wereld verloren zal zijn."

Orion keek haar lang aan, zijn blik doordrongen van begrip. "De waarheid is dat er geen perfecte oplossing is, Lyra. Er is altijd een risico. Maar we moeten vertrouwen hebben in onze keuze."

Seraphina voelde de spanning in haar borst toenemen. "Wat als de toekomst beide wegen openlaat?" vroeg ze, haar ogen zoekend naar antwoorden. "Wat als de geheimen van Atlantis zowel vrede als chaos kunnen brengen?"

Orion knikte. "Daarom moeten we zorgvuldig kiezen. Atlantis is meer dan een stad. Het is een idee. Een symbool van balans. Van evenwicht tussen krachten. We kunnen dat evenwicht niet verstoren."

Op dat moment voelde Arion, die stil op de achtergrond had gestaan, een diepe innerlijke beweging. Hij was de jongste van hen, maar zijn evolutie had hem een nieuw perspectief gegeven. Hij was niet langer alleen mens. Hij was zeemeerman geworden en met die transformatie kwam een nieuwe verantwoordelijkheid.

"Het is aan mij," zei Arion plotseling, zijn stem diep en vastberaden. "Ik voel het in mijn hart. De evolutie die ik heb doorgemaakt. De krachten die ik nu bezit... ze zijn bedoeld om de balans te herstellen.

Niet om te kiezen tussen de mensheid en Atlantis, maar om de twee te verenigen."

De anderen keken hem aan, verbaasd door de kracht van zijn woorden.

"Atlantis kan niet alleen bestaan voor de zeemeermensen," vervolgde hij, zijn ogen gericht op de horizon waar de zee en lucht elkaar ontmoetten. "En de wereld boven kan niet zonder de wijsheid van Atlantis. We moeten een manier vinden om de twee te verbinden. Zonder dat de balans verloren gaat."

Orion zweeg even en liet de woorden van Arion tot hem doordringen. Uiteindelijk knikte hij langzaam. "Misschien heb je gelijk, Arion. Misschien moeten we niet kiezen tussen behoud en delen. Misschien moeten we een manier vinden om beide te doen."

"Maar hoe?" vroeg Lyra. "Hoe kunnen we ervoor zorgen dat Atlantis niet misbruikt wordt door de mensen die alleen macht zoeken?"

"Door het in handen te geven van hen die de balans kunnen begrijpen," antwoordde Arion, zijn stem sterk. "Niet door het te verbergen, maar door het te beschermen. En dat is wat wij moeten doen."

De stilte die volgde was geen ongemakkelijke stilte. Het was een stilte vol begrip. Vol met besef dat ze niet op de rand van vernietiging stonden, maar op de rand van iets nieuws. Iets groters dan ze ooit hadden kunnen vermoeden. Ze stonden niet op het punt om te verliezen, maar om te kiezen voor een toekomst die zowel de geheimen van Atlantis als de wijsheid van de zee zou omarmen.

De oceaan zelf leek die beslissing te erkennen. De golven die eerder woest tegen de kliffen sloegen, kalmeerden langzaam. Het water gleed rustiger langs de rotsen. Het wist dat er iets diepers, iets betekenisvollers had plaatsgevonden. De zee, die zoveel had gezien en doorstaan, leek hen nu te ondersteunen.

Orion, die altijd de leider was geweest, keek naar Arion, de jongere die nu de toekomst vertegenwoordigde. "Je hebt gelijk," zei hij langzaam. "Het is tijd dat we niet langer de geheimen van Atlantis verbergen. Maar we moeten ze op de juiste manier onthullen, aan de juiste mensen."

Seraphina glimlachte zwak. "Het visioen heeft het ons laten zien. De toekomst is niet zwart-wit. Het hangt af van de keuzes die we maken."

Arion voelde een golf van opluchting door zijn lichaam trekken. Hij wist dat dit pas het begin was. Hij was klaar om zijn rol te spelen. De oplossing was niet om te vechten tegen het verleden. De oplossing was om de balans tussen het verleden en de toekomst te herstellen.

De zee waarschuwde hen niet langer. Ze fluisterde nu zachtjes, als een vriend die hun pad goedkeurde. Het was tijd om te handelen.

5.1: Kira's moed

De lucht boven Atlantis was loodgrijs. De hemel stond op het punt te breken. De wind blies onrustig over de oceaan. De golven klotsten wild tegen de rotsachtige kusten van het land. Diep onder het wateroppervlak, verscholen achter de mystieke sluier van de zee, bevond zich de legendarische stad Atlantis. Haar kristallen torens schitterden nog steeds. Maar de rust van de eeuwenoude stad was verdwenen. De strijd om haar geheimen woedde hevig. De toekomst van de wereld hing aan een zijden draadje.

Kira stond op een van de hoogste plateaus van de stad en keek uit over het slagveld dat zich onder haar ontvouwde. Haar lange, donkere haar golfde in de woeste wind, terwijl haar ogen scherp stonden. Dit was het moment waar ze altijd bang voor was geweest. Maar ook het moment waarvoor ze zich haar hele leven had voorbereid, zonder het te weten. De erfenis van haar voorouders, de Wachters van Atlantis, rustte zwaar op haar schouders, maar in plaats van haar te verlammen, gaf het haar een kracht die ze nooit eerder had gevoeld.

De zee waarschuwde hen. De oceaan leek te beven onder de immense spanning die in de lucht hing. Kira voelde de dreiging in elke golfslag. In de harde wind die door haar lichaam leek te snijden. Maar het was niet de natuur waar ze voor vreesde; het was Het Genootschap dat op de drempel van Atlantis stond. Klaar om te vernietigen wat zij zo lang had beschermd.

De vijand was dichtbij. Kaelen en zijn volgelingen hadden de buitenste grenzen van Atlantis doorbroken en rukten nu op naar het hart van de stad. Vastbesloten om de geheimen van Atlantis te bemachtigen. Kira wist dat als ze hen niet tegenhielden, het niet alleen Atlantis zou zijn dat verloren ging, maar de hele wereld. De krachten die in Atlantis verborgen lagen waren te groot, te gevaarlijk om in de handen van mensen zoals Kaelen te vallen.

"Ze komen eraan," klonk de stem van Orion naast haar, laag en vol onheil. Zijn gezicht was strak gespannen, zijn ogen donker van zorgen. "Het is nu of nooit."

Kira keek hem aan, haar blik vastberaden. "We kunnen dit," zei ze, haar stem sterker dan ze zich voelde. "Atlantis is niet verloren. Niet zolang wij hier zijn om het te verdedigen."

Orion zweeg, maar in zijn ogen lag een bewondering die hij niet in woorden hoefde te uiten. Hij wist dat Kira een van de sterkste Wachters was die Atlantis ooit had gekend. Ze had de wijsheid van haar voorouders geërfd, maar ook een innerlijke kracht die haar uniek maakte. Dit was haar moment.

Ze draaide zich om naar de groep wachters en zeemeerminnen die zich om hen heen hadden verzameld. Seraphina, Arion, Lyra, ze stonden allemaal klaar. Hun gezichten gespannen. Hun harten vol moed. De dreiging van Het Genootschap hing als een donkere schaduw boven hen. Ze wisten dat ze moesten vechten. Ze konden niet terug.

"We verdedigen Atlantis," zei Kira, haar stem luid en vastberaden. "We laten Kaelen niet winnen. Hij denkt dat hij ons kan breken. Hij onderschat de kracht van Atlantis. Dit is niet alleen een stad. Dit is ons thuis, onze geschiedenis, onze toekomst. En die geven we niet zomaar op."

De woorden vielen zwaar in de lucht, maar de energie onder hen begon te stromen. Kira voelde het. De zee waarschuwde hen niet langer; het steunde hen nu. De oceaan, de kracht van Atlantis zelf, leek zich achter hen te verzamelen. Het wist dat de laatste slag nu gevochten zou worden.

"Ik ga ze tegemoet," zei Kira plotseling. Iedereen keek verbaasd op. "Als ze Atlantis willen, dan moeten ze eerst langs mij."

Orion fronste. "Kira, dat is te gevaarlijk. Kaelen is niet zomaar een vijand. Hij weet waar hij naar op zoek is. Hij zal niet aarzelen om..."

"Precies daarom," onderbrak Kira hem, haar ogen vurig. "Kaelen wil Atlantis. Hij wil de geheimen, de macht. Maar hij onderschat iets. Hij onderschat ons. Als hij mij tegenover zich ziet, zal hij denken dat hij kan winnen. Maar wij zijn sterker dan hij ooit zal begrijpen."

Seraphina stapte naar voren, haar stem zacht maar doordrenkt met zorg. "Je hoeft dit niet alleen te doen, Kira."

Kira glimlachte flauwtjes. "Ik ben niet alleen. Jullie zijn bij me. En Atlantis is bij me."

De wachters wisselden blikken uit, maar ze wisten dat ze Kira niet tegen konden houden. Dit was haar moment. Dit was het moment waarop ze haar moed moest bewijzen. Niet alleen aan hen, maar aan zichzelf. Haar voorouders hadden Atlantis beschermd met alles wat ze hadden. Nu was het haar beurt.

Zonder verder een woord te zeggen, liep Kira naar de rand van het plateau. De wind huilde in haar oren, maar ze voelde de kracht van de zee onder haar voeten. Het water leek haar te dragen. Haar een sprankje hoop te geven in de komende storm. Ze ademde diep in en wierp een laatste blik op haar vrienden. Orion knikte haar toe, zijn ogen vol respect en steun.

Kira sprong van het plateau en liet zich in het water vallen. Het koude, zilte water omhulde haar, maar het voelde als een tweede huid. Ze zwom dieper, dieper naar het hart van Atlantis. Naar de plek waar Kaelen en zijn volgelingen zouden opduiken. De onderwaterstad straalde een mystieke kracht uit. Haar kristallen torens schitterden in het schemerige licht van de diepte. Maar Kira zag nu iets anders. Ze zag hoe kwetsbaar die schoonheid was. Hoe gemakkelijk het vernietigd kon worden door de hebzucht van de mens.

Plotseling zag ze beweging in de verte. Schaduwen bewogen zich snel door het water. Kira kneep haar ogen samen en zag de eerste volgelingen van Kaelen naderen. Ze droegen zwaarden en speren. Hun lichamen bedekt met zware duikpakken die hun bewegingen vertraagden. Maar ondanks hun logheid waren ze vastberaden. Ze waren hier voor één doel: Atlantis.

Kira voelde haar hart sneller kloppen, maar ze liet de angst niet toe. Ze zwom recht op hen af, haar handen balden zich tot vuisten. Ze had geen wapen nodig. De kracht van Atlantis stroomde door haar aderen. Ze voelde het, diep vanbinnen. Dit was haar gevecht. Dit was haar moment.

Ze dook recht op de eerste indringer af. Voordat hij haar opmerkte, had ze hem tegen de borst getrapt. Hij werd achteruit geslingerd. Kira zag hoe zijn ogen groot werden van schrik. Dit was geen vrouw die hij tegenover zich had verwacht. Dit was een Wachter van Atlantis.

"Ga terug!" riep Kira, haar stem luid en helder door het water. "Atlantis is niet voor jullie."

De man draaide zich om, klaar om haar aan te vallen. Maar voordat hij de kans kreeg, voelde hij een kracht door zijn lichaam schieten. Kira had haar hand op zijn borst gelegd. Met één gerichte slag stuurde ze hem terug het water in, zijn wapen verloren in de diepte. De anderen aarzelden, maar Kaelen verscheen plotseling tussen hen. Zijn ogen vernauwden zich toen hij Kira zag.

"Jij," siste hij, zijn stem laag en dreigend. "Ik had jou niet hier verwacht."

Kira hief haar kin. "Dit is mijn thuis. Dit is mijn stad. Jij hebt hier niets te zoeken."

Kaelen lachte zachtjes, maar er was geen vreugde in zijn ogen. "Je denkt dat je mij kunt tegenhouden, meisje? Jij, in je eentje?"

"Ik ben niet alleen," zei Kira rustig. "Atlantis staat achter mij."

Met een woeste schreeuw dook Kaelen op haar af. Zijn wapen omhoog geheven. Maar Kira voelde de zee achter haar, de kracht van de oceaan die haar doordrong. Ze sloeg zijn aanval af met een beweging die zo snel was dat Kaelen zich niet kon verdedigen. Het water om haar heen begon te draaien. Een wervelende kracht die ze niet langer probeerde te controleren. De oceaan sprak door haar. Ze gebruikte die kracht om Kaelen te verslaan.

Met een laatste, felle beweging duwde ze hem achteruit. Kaelen werd meegesleurd door de kracht van de stroming. Voordat hij kon reageren, werd hij in het donker van de diepte getrokken, zijn volgelingen verstrooid en verslagen.

Kira bleef staan, haar ademhaling zwaar, maar haar geest helder. Ze had gewonnen. Atlantis was veilig.

5.2: Orion's laatste stappen

De lucht boven de zee was donker en dreigend, terwijl de eerste zonnestralen voorzichtig door de wolken probeerden te breken. Het einde van een lange, tumultueuze nacht kwam eindelijk in zicht. Maar terwijl het licht langzaam de duisternis overwon, voelde Orion een diepere, persoonlijkere verandering. Het was niet alleen de strijd die ten einde kwam. Het was zijn reis, zijn taak als Wachter van Atlantis.

Hij stond op een rotsige klif, ver boven de oceaan, waar de wind onophoudelijk om hem heen cirkelde, zijn huid geselde en zijn gedachten naar een ver verleden voerde. Onder hem beukten de golven krachtig tegen de kust, maar het geluid bracht hem geen rust meer. De zee waarschuwde hem niet langer, ze fluisterde nu haar goedkeuring. De storm die hij en de andere Wachters hadden doorstaan, had zijn laatste hoofdstuk bereikt. Maar terwijl Atlantis veilig was, voelde Orion dat zijn tijd als Wachter ten einde liep.

Zijn lichaam voelde zwaarder aan dan ooit tevoren. Niet door de fysieke uitputting, maar door de eeuwenoude wijsheid die hij had gedragen. Die hij nu door moest geven. Hij was een van de laatste van zijn generatie. De last van de geheimen van Atlantis had hem door de jaren heen veranderd. De verantwoordelijkheid had diepe sporen achtergelaten. Sporen die nu doorgegeven moesten worden aan de nieuwe generatie.

Orion ademde diep in, de ijzige lucht vulde zijn longen. De kou was altijd een onderdeel van zijn bestaan geweest, net als de zee zelf. Hij sloot zijn ogen en liet zijn gedachten afdwalen naar de eerste keer dat hij voet zette in de mystieke stad onder de oceaan. Hij was jong toen, vol kracht en ambitie. Zijn rol als Wachter leek toen onbegrensd. Hij had zijn hele leven gewijd aan de bescherming van Atlantis. Aan het bewaren van haar geheimen. Maar nu was het anders. Nu voelde hij dat zijn tijd opraakte.

Achter hem hoorde hij het zachte geluid van voetstappen. Kira naderde, haar aanwezigheid bijna onmerkbaar in de brullende wind. Hij draaide zich langzaam om en zag de jonge vrouw die de toekomst van Atlantis in zich droeg. Haar gezicht was nog getekend door de recente strijd, maar in haar ogen glinsterde een vurige vastberadenheid. Kira had haar moed bewezen. Niet alleen in de strijd, maar in haar vermogen om te beslissen. Om de toekomst van Atlantis te zien en te begrijpen.

"Het is voorbij," zei ze, haar stem stevig, maar met een ondertoon van bezorgdheid. "We hebben het gered."

Orion knikte langzaam, zijn ogen naar de horizon gericht, waar de zon eindelijk doorbrak. "Ja," zei hij zacht. "Atlantis is gered. Voor nu."

Kira keek hem aan, haar ogen vol vragen. Ze wist dat er meer in zijn woorden zat. Er was altijd meer met Orion. Zijn wijsheid had haar vaak richting gegeven, maar dit keer voelde ze dat zijn stilte anders was.

"Wat bedoel je, 'voor nu'?" vroeg ze, dichterbij komend.

Orion glimlachte zwak. "Niets is ooit permanent, Kira. Niet de zee, niet Atlantis. Ook niet de Wachters. Alles verandert. Er komt een moment waarop ook ik mijn plek moet loslaten."

Kira fronste. "Je bedoelt... je gaat weg?"

Orion ademde diep in en knikte. "Mijn tijd als Wachter loopt ten einde. Ik voel het al een tijdje, maar nu weet ik het zeker. De wereld verandert. Atlantis verandert mee. De nieuwe generatie Wachters, zoals jij, moet het overnemen. Jullie hebben de kracht en de wijsheid om te doen wat nodig is."

Kira was stil. Ze had het nooit zo duidelijk voor zich gezien, maar nu Orion het hardop zei, kon ze het niet ontkennen. Hij had zijn hele leven aan Atlantis gewijd. Maar er was altijd een moment van overgang. En nu stond hij op het punt dat moment onder ogen te zien.

"Je hebt ons altijd geleid," zei ze zacht, haar stem breekbaar. "Hoe kunnen we doorgaan zonder jou?"

Orion glimlachte weer, dit keer warmer. "Jullie hebben mij niet meer nodig. Jullie hebben jezelf bewezen. Kira, je bent sterk, sterker dan je zelf denkt. De stad is veilig dankzij jou. En er komt een tijd dat jij je eigen stappen moet zetten. Zonder dat iemand anders je de weg wijst."

Hij draaide zich om en keek weer uit over de oceaan. De zee voelde kalm aan, hoewel hij wist dat er altijd meer stormen zouden komen. Dat was de natuur van Atlantis en van de wereld. Maar dat was niet langer zijn verantwoordelijkheid.

"De zee waarschuwt ons altijd," zei hij, meer tegen zichzelf dan tegen Kira. "Maar nu voelt het anders. De oceaan heeft gesproken. Het is tijd om de toekomst te omarmen. Dat is aan jullie, aan de nieuwe Wachters."

Kira keek hem aan, haar gedachten duizelden. Ze wilde hem niet zien vertrekken. Niet zien verdwijnen als een schim uit haar leven. Maar diep vanbinnen begreep ze dat dit de weg was van elke Wachter. De kennis en de geheimen die ze droegen, waren nooit bedoeld om voor altijd door één persoon te worden vastgehouden. Het was een last die overgedragen moest worden, van generatie op generatie.

"Wat ga je doen?" vroeg ze uiteindelijk, haar stem vol emotie.

Orion haalde zijn schouders op. "De zee zal het me laten zien. Misschien blijf ik nog een tijdje. Misschien verdwijn ik langzaam, zoals de golven die terugkeren naar de oceaan. Wat belangrijk is, is dat ik mijn taak heb volbracht. Atlantis is veilig. Dat is alles wat telt."

Ze stonden nog een tijdje in stilte, de wind en de zee om hen heen. De wereld voelde even stil, alsof ook de natuur op adem kwam na alles wat er was gebeurd.

Orion voelde de rust in zijn hart. Het was niet eenvoudig om afscheid te nemen, maar het was de enige weg. Hij had zijn taak volbracht. Nu was het aan Kira, aan Arion, aan Seraphina en de anderen om de toekomst van Atlantis te beschermen. Ze waren klaar. Hij had ervoor gezorgd dat ze alles hadden wat ze nodig hadden.

"Er is nog één laatste ding," zei Orion zacht. Hij draaide zich om naar Kira en keek haar met een ernstige blik aan. "De waarheid van Atlantis ligt niet alleen in de stad. Niet alleen in de geheimen die wij hebben beschermd. De waarheid ligt ook in jullie. Het is jullie taak om te kiezen hoe die waarheid naar buiten komt. Hoe jullie de balans bewaren tussen wat wij beschermen en wat de wereld nodig heeft."

Kira knikte langzaam. "We zullen de balans bewaren. Dat beloof ik."

Orion legde zijn hand op haar schouder en kneep er zachtjes in. "Ik weet dat je dat zult doen. En onthoud, de zee zal altijd bij je zijn, net zoals ze altijd bij ons was."

Met die woorden draaide hij zich om en begon te lopen, zijn laatste stappen als Wachter. Kira keek hem na. Terwijl hij langzaam verdween tussen de rotsen, zijn silhouet kleiner wordend tegen de achtergrond van de opkomende zon. Ze voelde een golf van emoties door haar heen trekken. Verdriet, trots, maar ook hoop. De toekomst van Atlantis lag nu in hun handen. Hoewel het zwaar voelde, wist ze dat ze het aankon. Atlantis was gered, maar de strijd om haar geheimen zou nooit ophouden. Kira voelde de kracht van de zee om haar heen. De energie van de stad die door haar aderen stroomde. Ze was klaar voor de toekomst, wat die ook mocht brengen. De zee waarschuwde haar niet langer. De zee steunde haar nu. En met dat besef draaide ze zich om en liep terug naar de stad, waar haar vrienden op haar wachtten, klaar voor hun volgende uitdaging.

5.3: Seraphina's opoffering

De diepte van de oceaan leek eindeloos, donkerder dan de nacht, terwijl Seraphina door het water gleed. Haar lichaam moeiteloos bewegend in harmonie met de stromingen die haar omringden. De koele aanraking van het water tegen haar huid was haar troost en haar thuis. Maar vandaag voelde het anders. Er hing een spanning in de oceaan, een onrust die zich vanuit de diepste lagen van Atlantis omhoog werkte. Seraphina wist waarom. Dit was het moment van de waarheid.

De stad onder de zee, de glinsterende en tijdloze Atlantis, sliep nooit. Haar torens van kristal en schelpen reikten uit naar de zonnestralen die af en toe door het water braken. Haar fundamenten rustten op een fundament dat al millennia ongeschonden was gebleven. Maar de wereld om Atlantis heen veranderde. Mensen hadden geprobeerd de geheimen van de stad te grijpen. Met hen kwam een nieuw gevaar.

Seraphina zweefde door de stille gangen van Atlantis. De kristallen lichten om haar heen knipperden zwak. Ze voelden de aanwezigheid van een naderend offer. De muren leken haar te kennen. Te begrijpen dat ze op het punt stond iets groots te doen. Iets wat haar vrijheid zou kosten, maar de wereld zou redden. Ze kon de stemmen van haar voorouders bijna horen, fluisterend in de onderstromen van de oceaan. Ze waarschuwden haar, maar ze steunden haar ook. Dit was de weg die ze moest gaan.

Seraphina was geboren in Atlantis, zoals generaties voor haar, maar de zee had altijd een diepere band met haar gehad. Ze kon de stromingen voelen. De geluiden van de dieren om haar heen horen. Ze was met de oceaan zelf verbonden. Deze gave, deze diepe empathie, had haar geleid naar haar rol als beschermer van haar volk en haar stad. Maar het was niet genoeg om alleen te beschermen. Vandaag moest ze een keuze maken die de toekomst van haar soort zou veiligstellen, maar haar eigen leven onherroepelijk zou veranderen.

Ze zweefde naar de oude kamer van het orakel, een verborgen plaats diep in de kern van Atlantis. Hier lagen de oudste geheimen. De kennis die al duizenden jaren verborgen was voor de buitenwereld. En hier zou ze de opoffering brengen die alles zou veranderen. De kamer was koud. De muren bedekt met kristallen die zachtjes gloorden in het blauwe licht van de zee. Elke stap die ze zette, liet een trilling achter in het water. De stad herkende haar aanwezigheid en bereidde haar voor op wat komen ging.

In de verte voelde ze de aanwezigheid van de Wachters, Orion, Kira, Arion, die elders hun strijd voerden. Ze waren zich misschien niet eens bewust van wat Seraphina van plan was, maar dat maakte niet uit. Dit was haar taak, haar rol in de eeuwenoude geschiedenis van Atlantis.

Ze stopte voor een gigantische, met inscripties bedekte poort, waarachter de bron van de macht van Atlantis lag. Hier, verborgen in de diepten, bevond zich het geheim dat zowel de evolutie van haar volk als de ondergang van de wereld kon betekenen als het in de verkeerde handen viel. Het was haar verantwoordelijkheid om ervoor te zorgen dat dit geheim nooit gebruikt zou worden door degenen die het voor zichzelf wilden houden. Zoals Kaelen en Het Genootschap.

Seraphina ademde diep in, voelde het koude, zilte water door haar longen stromen. Ze legde haar hand op de deur. De inscripties begonnen te gloeien. De poort opende zich langzaam. Wat achter de deur lag, was niet zomaar een kamer, het was een plaats van kracht. Een plaats waar de oceaan haar diepste geheimen bewaarde. Het was de plek waar de evolutie van haar volk begonnen was. Waar de bron van hun kracht lag.

De kracht van Atlantis straalde naar buiten, als een levend wezen dat haar omarmde. Seraphina voelde de energie door haar lichaam stromen, sterker dan ze ooit had gevoeld. Ze wist wat haar te wachten stond. Deze kracht moest worden afgesloten van de rest van de wereld, maar dat kon niet zonder een offer. Een offer dat niet alleen haar vrijheid zou kosten, maar haar leven zoals ze het kende.

Ze sloot haar ogen en voelde de aanwezigheid van de zee om haar heen. Als een moeder die haar laatste woorden fluisterde. De oceaan waarschuwde haar niet meer. Het steunde haar nu, net zoals het haar volk altijd had gesteund. Dit was het juiste pad, dat wist ze diep vanbinnen.

Plotseling hoorde ze voetstappen in het water achter haar. Kira verscheen in de deuropening, haar ogen groot van schrik toen ze Seraphina zag staan voor de bron van de macht. "Wat doe je hier?" vroeg ze ademloos, haar stem vol ongerustheid. "Wat ben je van plan?"

Seraphina draaide zich langzaam om en keek Kira aan. "Ik moet dit doen, Kira," zei ze kalm, hoewel haar hart in haar borst bonsde. "De geheimen van Atlantis moeten veilig blijven, voor altijd. En de evolutie van ons volk moet doorgaan. Dit is de enige manier."

Kira schudde haar hoofd, haar ogen gevuld met wanhoop. "Nee, dat kan niet! We kunnen een andere manier vinden. Je hoeft dit niet te doen!"

Seraphina glimlachte zwak, haar ogen zacht en vol begrip. "Er is geen andere manier, Kira. De kracht van Atlantis is te groot. Als we het laten bestaan, zullen er altijd mensen zijn die het willen gebruiken voor hun eigen doeleinden. Maar als ik het afsluit... als ik mijn vrijheid opoffer... dan blijft het voor altijd veilig."

Kira stapte dichterbij, haar handen trillend van emotie. "Maar wat betekent dat voor jou? Wat zal er met jou gebeuren?"

Seraphina keek naar de bron van de macht. De energie die nog steeds zachtjes door de kamer golfde. "Ik zal hier blijven, Kira. De oceaan zal mij houden, net zoals het de geheimen van Atlantis zal bewaren. Ik zal een deel worden van deze kracht. Daarmee zal ik ervoor zorgen dat ons volk blijft bestaan. De evolutie zal doorgaan, maar de wereld zal de kracht van Atlantis nooit in handen krijgen."

Kira slikte, de tranen prikten achter haar ogen. Ze wist dat ze Seraphina niet kon tegenhouden. Het idee dat haar vriendin zichzelf zou opofferen voor dit doel brak haar hart. "Je bent moedig, Seraphina. Maar ik weet niet hoe we zonder jou verder kunnen."

Seraphina legde haar hand op Kira's schouder. Een geruststellende glimlach op haar gezicht. "Jullie kunnen dit. Jij, Orion, Arion, jullie zijn de toekomst van Atlantis. Mijn taak is volbracht. Nu is het jullie beurt om de stad en ons volk te leiden."

Met die woorden draaide Seraphina zich weer naar de bron van de macht en stapte dichter naar het hart van de kamer. Het licht omhulde haar volledig. Haar lichaam begon te stralen met dezelfde energie als die van de bron. Kira keek toe, haar adem stokte terwijl ze zag hoe Seraphina een met de zee en de stad werd.

Het was een moment van stilte, van opoffering, maar ook van vrede. De bron van de macht verzegelde zichzelf. De kracht van Atlantis zou nooit meer in de verkeerde handen vallen. Seraphina had haar vrijheid opgegeven, maar haar ziel zou voor altijd over de stad waken.

Toen het licht verdween, was de kamer leeg. Kira bleef alleen achter. Haar hart gevuld met verdriet, maar ook met een diepe dankbaarheid. Seraphina had de evolutie van hun volk veiliggesteld, maar ook de wereld gered van de geheimen van Atlantis.

De zee waarschuwde hen niet langer. De zee fluisterde nu een lied van vrede en opoffering.

5.4: Kaelen's val

De lucht boven de oceaan was nu dik en zwaar, gevuld met dreigende wolken die de laatste restjes van zonlicht opslokten. Het water, ooit helder en vol leven, leek donkerder, als een spiegel van de duisternis die zich in Kaelen's hart verzamelde. Hij stond op het rotsachtige platform, zijn ogen strak gericht op de ruïnes van Atlantis die zich onder hem uitstrekten. Een stad die bijna binnen zijn bereik lag maar nu langzaamaan zijn greep ontglipte.

Kaelen voelde de macht die hij dacht te hebben, wegglippen. Zijn plannen, hij had alles voorbereid, elke stap minutieus uitgedacht. Atlantis was niet slechts een droom voor hem geweest; het was zijn lot. De geheimen van de stad, de kracht die verborgen lag in haar diepten, zou zijn visie op de wereld tot werkelijkheid maken. De wereld had behoefte aan een leider. Iemand die haar kon redden van de fouten van haar verleden. En Kaelen had altijd geloofd dat hij die leider was.

Maar nu, terwijl hij de vernietiging van zijn plannen voor zich zag ontvouwen, begon hij te beseffen dat hij een cruciale fout had gemaakt. De zee waarschuwde hem niet meer, het waarschuwde de wereld. Zijn arrogantie had hem verblind. In zijn obsessie om de geheimen van Atlantis te bemachtigen, had hij de kracht van de stad en haar wachters onderschat. Nu stond hij op het randje van zijn eigen ondergang, net zoals de beschavingen waarvan hij had gezworen dat hij ze zou verbeteren.

De koude wind raasde om hem heen, scheurde aan zijn kleding en blies zijn haar wild in zijn gezicht. Hij haalde diep adem en keek over zijn schouder naar zijn volgelingen, die even stil en verdoofd stonden als hijzelf. De mannen die hij had geleid, die hem blindelings hadden gevolgd, begonnen langzaam de waarheid in te zien. Dit was geen triomf. Dit was een val. En Kaelen voelde dat hij niet langer hun leider was—hij was nu slechts een man, verloren in de diepte van zijn eigen misvattingen.

Hij hoorde de voetstappen achter zich. Hij draaide zich langzaam om. Kira kwam naar voren, haar ogen vol vastberadenheid en wijsheid die haar leeftijd ver te boven ging. De jonge Wachter had zijn plannen gedwarsboomd. Nu stond ze daar, haar houding sterk, haar ogen onbewogen. Ze was de toekomst van Atlantis. Kaelen kon dat niet langer ontkennen.

"Het is voorbij, Kaelen," zei ze zacht, maar haar stem droeg de kracht van de zee zelf. "Atlantis zal niet in jouw handen vallen."

Kaelen staarde naar haar, zijn handen balden zich tot vuisten. Maar hij voelde geen kracht meer in zijn greep. Zijn vingers trilden. Zijn ademhaling was zwaar. Hij wilde iets zeggen, een weerwoord, een verweer tegen haar onwrikbare waarheid, maar de woorden bleven vastzitten in zijn keel. Het was voorbij. Hij wist het. Diep vanbinnen had hij het altijd geweten.

"Je begrijpt het niet," mompelde hij uiteindelijk, zijn stem breekbaar. "De wereld heeft verandering nodig. Atlantis kan de sleutel zijn. We kunnen zoveel doen... we kunnen het anders maken. Waarom kunnen jullie dat niet zien?"

Kira schudde haar hoofd langzaam, haar ogen gevuld met medelijden. "Verandering komt niet door macht, Kaelen. Het komt niet door het forceren van geheimen die bedoeld zijn om beschermd te worden. Atlantis is niet de oplossing voor de problemen van de wereld. Het is een waarschuwing. Een les uit het verleden."

Kaelen slikte hard, voelde de woorden van Kira door zijn ziel snijden. Hoe kon zij het niet zien? Hij had zoveel geleerd, zoveel begrepen over de werking van macht en verantwoordelijkheid. Maar terwijl hij naar haar keek, zag hij iets wat hij eerder had gemist: rust. Kira droeg geen last, zoals hij dat deed. Zij droeg wijsheid. Die wijsheid kwam niet uit de macht van Atlantis, maar uit haar verbondenheid met de stad en haar volk. Ze was niet gebonden door haar ambities, zoals hij dat was.

De woede die hij had gevoeld, het verlangen naar controle en dominantie, ebde langzaam weg. In plaats daarvan kwam een overweldigend gevoel van verlies. Niet alleen van zijn plannen of zijn toekomst, maar van zichzelf. Hij had zichzelf verloren in zijn zoektocht naar macht. Nu zag hij dat pas duidelijk. Zijn plan was gebaseerd op een illusie. De realiteit was dat hij niet de leider was die de wereld nodig had. Hij was slechts een man, verblind door zijn eigen ego.

"Ik wilde alleen... ik wilde alleen een betere wereld creëren," fluisterde hij, bijna tegen zichzelf.

"Maar dat kan niet door vernietiging," antwoordde Kira zacht. "Het kan alleen door begrip, door balans. En dat is wat jij niet wilde zien."

Kaelen voelde zijn knieën zwak worden. Hij zakte langzaam naar de grond, zijn handen trilden terwijl hij zijn gezicht in zijn handen verborg. Alles waar hij voor had gevochten, alles wat hij had geloofd, was een leugen geweest. Hij had zijn volgelingen misleid, zichzelf misleid. Nu was er niets meer over van zijn visie.

Kira liep langzaam naar hem toe en knielde naast hem neer. "Je kunt nog steeds een verandering maken, Kaelen. Maar niet zoals je dacht. De wereld heeft mensen nodig die begrijpen wat macht betekent. Wat het met een mens kan doen. Jouw kennis kan helpen, als je bereid bent het te gebruiken om te leren, niet om te beheersen."

Kaelen hief zijn hoofd op en keek haar aan. Haar ogen waren zacht, maar vastberaden. Ze bood hem niet alleen medelijden aan, maar ook een kans. Een kans om zichzelf te hervinden. Om zijn fouten te erkennen en misschien, op een dag, iets beters te doen. Maar hij wist dat die kans niet kwam zonder een prijs. Hij moest accepteren dat zijn visie verkeerd was geweest. Dat was de zwaarste straf van allemaal.

De realiteit van zijn val drukte zwaar op hem, maar het was ook bevrijdend. De last van zijn ambitie, van zijn obsessie met macht, gleed langzaam van zijn schouders. Het voelde alsof hij voor het eerst in jaren weer helder kon ademhalen. De wereld, zijn wereld, was ingestort, maar nu zag hij dat het een wereld was die nooit echt had bestaan. Hij had een illusie nagejaagd. En nu stond hij voor de waarheid.

"Wat nu?" vroeg hij uiteindelijk, zijn stem schor en gebroken.

Kira stond langzaam op en stak haar hand naar hem uit. "Nu ga je terug, Kaelen. En leer je opnieuw te zien."

Met trillende handen nam Kaelen haar hand aan en stond op. De stad om hen heen, de ruïnes van Atlantis, glinsterden in het laatste licht van de zon die door de wolken brak. Het was een zicht dat hem altijd met ontzag had vervuld, maar nu zag hij het voor wat het werkelijk was: een plek van wijsheid, niet van macht.

Hij keek naar de zee, die kalm om hen heen golfde. De oceaan had hem altijd geroepen, maar nu voelde hij dat het niet langer een roep was van controle, maar van inzicht. De zee waarschuwde hem niet meer, ze leerde hem nu. Hij had gefaald, maar dat betekende niet dat alles verloren was.

Kaelen draaide zich om naar zijn volgelingen, die in stilte naar hem keken. De angst in hun ogen was verdwenen. In plaats daarvan zagen ze de man die hij nu was. Geen leider, geen verlosser, maar een mens. Een mens met fouten en spijt, maar ook met de mogelijkheid om te veranderen.

"Het is voorbij," zei Kaelen tegen hen, zijn stem helder en vastberaden. "We keren terug."

De mannen knikten langzaam en begonnen zich om te draaien, terug naar de boten die hen zouden wegbrengen van Atlantis. Kaelen bleef nog even staan. Keek nog één keer naar de stad die hem zo lang had betoverd. Toen volgde hij zijn volgelingen. De zware last van zijn fouten nog steeds op zijn schouders, maar met een nieuw doel voor ogen: verlossing door inzicht, niet door macht.

5.5: *Arion's erfenis*

De zee bewoog onder Arion met een stille, kalme kracht. Elke golf die de kust raakte, leek te fluisteren. De oceaan sprak hem toe. Herinnerend aan het verleden, aan de toekomst die voor hem lag. Hij stond op een klein platform van ruwe steen, hoog boven het water, en keek uit over de uitgestrektheid van de oceaan die zich tot aan de horizon uitstrekte. Het water glinsterde in de opkomende zon, een zachtblauw dat bijna onwerkelijk leek, alsof de zee zelf zich klaarmaakte voor een nieuw begin.

Atlantis was gered. De geheimen van de stad, de kennis en kracht die diep in de oceaan verborgen lagen, waren veilig. Maar dit was geen triomf zoals hij zich ooit had voorgesteld. De overwinning had een prijs gekost. Levens, offers en de uiteindelijke opoffering van Seraphina, die haar vrijheid had gegeven om ervoor te zorgen dat de balans bewaard bleef. Haar aanwezigheid in de diepten van de stad zou altijd worden gevoeld. Een eeuwige wachter, net zoals de oceaan zelf.

Arion zuchtte diep en voelde de kou van het water om hem heen, zoals hij dat altijd had gedaan, maar vandaag voelde het anders. Het was alsof de zee hem droeg. Hem in zijn armen hield en hem voorbereidde op iets groters. Dit was het moment waar hij altijd voor gevreesd had, maar ook het moment waarop hij altijd wist dat hij toe zou groeien.

Hij was nu de leider van de nieuwe generatie zeemerminnen en -mannen. Dat besef drukte zwaar op zijn schouders. Maar het was een last die hij bereid was te dragen. Zijn hele leven had hij zich afgevraagd of hij klaar was voor deze rol Of hij de wijsheid en kracht bezat om te doen wat nodig was. Maar nu, na alles wat er gebeurd was, voelde hij de waarheid in zich zinken: dit was zijn erfenis. Dit was wat de oceaan van hem verlangde.

Orion had zijn tijd als Wachter gehad en stond op het punt om zijn rol over te dragen aan Kira en de anderen. Maar voor Arion was het anders. Zijn pad was net begonnen. De zee, die altijd zo'n groot deel van hem was geweest, zou hem nu volledig in zich opnemen. Hij had zich altijd verbonden gevoeld met de oceaan, maar nu voelde hij dat deze band dieper was dan hij ooit had gedacht.

Arion boog zich naar voren en raakte het water aan met zijn vingertoppen. Een zachte rimpeling verspreidde zich over het oppervlak. Hij voelde de kracht van de zee door zijn arm stromen, langs zijn ruggengraat tot diep in zijn hart. Dit was niet alleen een band met de oceaan, dit was een roeping. De zee waarschuwde hem niet langer, ze fluisterde haar vertrouwen in hem. Hij was klaar.

Met een rustige beweging liet hij zich van het platform in het water glijden. Zijn lichaam moeiteloos veranderend en aanpassend aan de omringende stromingen. Zijn huid voelde gladder, zijn bewegingen soepeler. Hij zwom dieper de oceaan in. Liet de kracht van het water hem omarmen en omhullen zoals het altijd had gedaan. Maar deze keer was het anders. Deze keer voelde hij dat hij een deel van de oceaan was. Dat de zee door hem stroomde net zoals het water door de scheuren van Atlantis stroomde.

Diep onder hem voelde hij de aanwezigheid van zijn soortgenoten. De zeemeerminnen en -mannen, zijn broeders en zusters, voelden zijn komst. Hun evolutie was voltooid. Ze waren sterker dan ooit tevoren. Ze wisten dat hij nu hun leider was. Hun gids in een nieuwe wereld die balanceerde op het randje van chaos en evenwicht.

Arion zwom naar hen toe, zijn lichaam nu volledig aangepast aan de diepten van de oceaan. Zijn longen vulden zich met water, maar het voelde natuurlijk. Zijn transformatie was voltooid. Met die transformatie kwam een nieuw begrip van de krachten van de zee. Hij voelde elke stroom, elke verandering in de oceaan. Hij hoorde de stemmen van de dieren om hem heen, hun gedachten, hun gevoelens. Allemaal verbonden met hem zoals de stromingen van de zee met elkaar verbonden waren.

Toen hij de groep bereikte, wachtten ze in stilte, hun ogen op hem gericht. Ze wisten wat hij ging zeggen, wat hij ging doen. Maar toch wachtten ze op zijn woorden, op zijn leiderschap.

"De balans moet bewaard blijven," begon Arion, zijn stem diep en resonerend door het water. "Dat is wat Atlantis ons altijd heeft geleerd. Dat is wat de zee ons vertelt." Hij keek rond naar zijn soortgenoten, die in stilte knikten. Hun ogen vastberaden en gevuld met vertrouwen. Ze wisten wat er op het spel stond. De geheimen van Atlantis waren niet alleen de kracht van hun volk. Ze waren de sleutel tot de balans tussen land en zee. Ze konden niet worden gebruikt voor persoonlijk gewin, zoals Kaelen had geprobeerd. Ze konden alleen worden gebruikt om de wereld te beschermen, zoals Seraphina had begrepen in haar laatste momenten.

"Wij zijn nu de wachters," vervolgde Arion. "Wij dragen de verantwoordelijkheid om ervoor te zorgen dat de balans nooit meer wordt verstoord. De wereld boven ons moet ons vertrouwen, net zoals wij de oceaan vertrouwen. Wij kunnen de toekomst van ons volk veiligstellen, maar alleen als we begrijpen dat deze kracht niet van ons is. Het behoort toe aan de zee."

De zeemeerminnen en -mannen knikten weer, hun ogen helder en vastberaden. Ze begrepen het. Dit was hun lot, hun erfenis. Ze hadden de evolutie doorgemaakt, maar hun werk was nog niet af. Er zouden altijd mensen zijn zoals Kaelen. Mensen die de geheimen van Atlantis zouden willen gebruiken voor hun eigen doeleinden. Maar zolang zij waakten, zolang Arion en zijn soortgenoten hun rol als beschermers van de zee serieus namen, zou de balans bewaard blijven.

Arion voelde de kracht in zijn borst opwellen. De kracht van de oceaan die door zijn aderen stroomde. Dit was niet zomaar een kracht om te gebruiken. Het was verantwoordelijkheid. Hij zou het gebruiken om te beschermen, om te leiden, net zoals zijn voorgangers dat hadden gedaan.

"Wij zijn de wachters van de balans," zei hij ten slotte. "En wij zullen ervoor zorgen dat de geheimen van Atlantis veilig blijven. Niet alleen voor ons, maar voor de wereld."

Met die woorden zwom Arion naar de oppervlakte. De zon doemde boven hem op. Haar stralen brekend door de golven. Hij voelde de warmte op zijn huid. Het licht dat zijn lichaam doordrong. De wereld boven de zee zou altijd een uitdaging blijven, maar de oceaan zou er altijd zijn om haar te beschermen.

Arion kwam aan de oppervlakte, ademde diep in en voelde de lucht weer door zijn longen stromen. Hij stond op de grens van twee werelden, de wereld van het land en de wereld van de zee. En het was zijn taak om die balans te bewaren. De oceaan waarschuwde hem niet langer, de oceaan vertrouwde hem.

Hij draaide zich om en keek naar de verte, naar waar Atlantis verborgen lag onder de golven. De stad was veilig, haar geheimen beschermd, maar het werk was nog lang niet voorbij. Er zouden altijd mensen zijn die probeerden die geheimen te gebruiken voor hun eigen gewin, maar zolang Arion en zijn soortgenoten waakten, zou Atlantis veilig blijven.

Dit was zijn erfenis. En hij was klaar om die te dragen.

Don't miss out!

Visit the website below and you can sign up to receive emails whenever Digim@ri publishes a new book. There's no charge and no obligation.

https://books2read.com/r/B-A-SQEAB-EPEDF

BOOKS 2 READ

Connecting independent readers to independent writers.

Did you love *Atlantis III Het Genootschap*? Then you should read *Atlantis II: De oproep*[1] by Digim@ri!

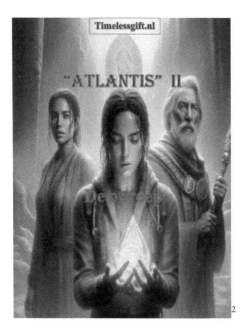

[2]

Atlantis II: De oproep

In het jaar 7.000 v.Chr. verandert het leven van de jonge, ambitieuze archeologe Lyra voorgoed wanneer ze een mysterieus artefact ontdekt tijdens een opgraving aan de Middellandse Zee: het Zegel van Okeanos, een artefact van het legendarische Atlantis. Deze vondst trekt de aandacht van oude krachten – de Wachters van Atlantis – die haar waarschuwen voor de immense gevaren die het Zegel met zich meebrengt. Maar Lyra is niet de enige die het Zegel wil. Damon, een meedogenloze vijand, is vastbesloten de geheimen van Atlantis te gebruiken voor zijn eigen duistere doelen.

---

1. https://books2read.com/u/bOdvQA

2. https://books2read.com/u/bOdvQA

Met de hulp van de wijze Wachter Kallias en Nerissa, een jonge Wachter die haar zeemeerminkrachten ontdekt, begint Lyra aan een gevaarlijke reis naar de verborgen stad Atlantis. Terwijl ze geconfronteerd worden met verraad, oude krachten en hun eigen innerlijke strijd, moeten ze Atlantis beschermen tegen de ondergang. In een strijd op leven en dood, waar offers worden gebracht en de balans tussen de werelden op het spel staat, vechten Lyra en haar bondgenoten om de geheimen van Atlantis voor altijd veilig te stellen. Maar zal dat genoeg zijn om toekomstige bedreigingen af te weren?

"Atlantis II: De oproep" is een episch verhaal van avontuur, vriendschap en offers, waar de grenzen tussen land en zee vervagen en oude krachten opnieuw ontwaken.

Read more at https://payhip.com/puzzleplus2022.

Also by Digim@ri

Crime

In de schaduw van de onderwereld
In de schaduw van de onderwereld II: Een web van verraad
De val van Henk
De schaduw van de waarheid I: Het Genootschap

Fantasie

Atlantis vs Heden
Atlantis I: Einde van een tijdperk
Atlantis II: De oproep
Atlantis III Het Genootschap

Puzzel

Spelregels Sudoku en aanverwante puzzels basis dl 1
"De evolutie van de puzzelkunst: Van oude breinbrekers tot moderne
uitdagingen"
Verborgen schatten: Puzzellegendes uit het verleden
De helende kracht van puzzels: Oudere wijsheid voor mentale balans
Puzzels als meditatie: Innerlijke rust vinden door mentale uitdagingen

"Puzzels door de eeuwen heen: Een reis naar de geestelijke gezondheid"

Standalone
De digitale Puzzlewereld ontdekt
De kunst om obstakels om te zetten in kansen
Emma & Sophia: Een nieuw begin

Watch for more at https://payhip.com/puzzleplus2022.

About the Author

'k Ben slechts een liefhebber van mooie verhalen en (digitale) puzzels. Mijn doel is om verhalen tot leven te brengen, waar mogelijk icm puzzels, in een formaat dat ook gemakkelijk toegankelijk is voor moderne lezers. Door *ook* e-boeken uit te brengen, hoop ik dat nieuwe generaties de kans krijgen om te genieten van de rijkdom en schoonheid van literatuur.

Elk verhaal en elke puzzel is een nieuwe uitdaging, maar ook een nieuwe kans om te leren en te groeien.

Digim@ri

Read more at https://payhip.com/puzzleplus2022.

Milton Keynes UK
Ingram Content Group UK Ltd.
UKHW040839021124
450589UK00001B/130

9 798227 763921